Discotecas por fuera

Víctor Balcells

Discotecas por fuera

EDITORIAL ANAGRAMA
BARCELONA

Ilustración de la cubierta: foto © Pere Llobera, cortesía de Bombon Projects
Fotografías interiores: © Víctor Balcells

Primera edición: junio 2022

Diseño de la colección: Julio Vivas y Estudio A

© Víctor Balcells, 2022
Representado por The Ella Sher Literary Agency
www.ellasher.com

© EDITORIAL ANAGRAMA, S. A., 2022
Pau Claris, 172
08037 Barcelona

ISBN: 978-84-339-9958-0
Depósito Legal: B. 8115-2022

Printed in Spain

Romanyà Valls, S. A., Sant Joan Baptista, 35
08789 La Torre de Claramunt

Primera parte
Rel="nofollow"

Oh brackish clouds and dangerous,
the moon is unambiguous.

JOHN ASHBERY

MONSTRUOPEDIA

Compré el dominio Monstruopedia.com el día que Ur se fue de casa. Discutimos una mañana y ella dijo que se marchaba unos días al piso de su hermana y que la situación era insostenible. Compré el dominio con la intención de crear la enciclopedia de monstruos online más grande del mundo. Redacté yo mismo las primeras fichas en la intemperie del despacho. Ur dijo que ya volvería, y yo esperaba a que regresara. Compuse la ficha de la Hidra y del Centauro. También escribí sobre el Kraken. En esas noches de otoño diseñé la taxonomía de la web: la enciclopedia iba a dividirse en tipos de monstruos: terrestres, marinos, voladores. Incluso habría categorías para seres minúsculos (microbios), extraterrestres y seres humanos monstruosos. Cada categoría tenía asignado un color, y el usuario podría moverse a través de un simple menú y de un complejo enlazado interno entre los diferentes monstruos. Indexé 20 URL en Search Console un 25 de octubre de 2018. Recuerdo que había cenado una lúgubre ensalada de tomate y rúcula, aderezada con cantidades ingentes de aceite y vinagre en las que me deleitaba en mojar rebanadas de pan, impregnando así mis dedos, y el teclado, y el ratón, de brillantes manchas negras allí donde había habido más pulsaciones. Para escribir sobre la Hidra manché la A, la L, el lateral de la tecla de espacio. Ur regresó de casa de su hermana el 29 de octubre, cuatro días más tarde, enferma. Al entrar nos abrazamos intensamente pero no nos besamos. Luego ella se tumbó en el sofá y se quedó dormida. Mientras ella dormía escribí la ficha correspondiente a los Súcubos. Al despertar de esa brusca siesta ella dijo que yo debía marcharme también unos días. Me negué. Dije: Si me voy sentiré que me has expulsado. Aunque ambos llevábamos tiempo ya expulsándonos.

Me quedé unos días más. Como la casa tenía dos pisos, ella habitaba la planta de arriba y yo la planta baja. La planta baja recibía luz solar dos horas por la mañana, luego se oscurecía y parecía más bien una cueva. Allí estaba el salón en el que solíamos reunirnos y que por la tarde nos parecía tétrico. Nuestras ceremonias ya solo eran esqueléticas. En nuestra anterior casa, solía decir Ur, el salón era mejor. Casi todo en nuestra anterior casa parecía mejor ahora, en el recuerdo; en la casa nueva ella cocinaba su cena y yo la mía. Si ambas cosas ocurrían al mismo tiempo comíamos en silencio, o discutíamos. Invertí entonces doscientos euros en mi amigo Alexander, escritor cubano, para que me redactara cincuenta fichas de monstruos en bloque para la Monstruopedia. Antes, exhaustivamente, elaboré un *Keyword Research* para determinar que la Cecaelia, el Umibozu, el Homúnculo o la Esfinge eran monstruos de posicionamiento relativamente fácil en el buscador. Me lo decían los pequeños dioses que eran las herramientas Semrush y Ahrefs. Abrí también una página de Facebook y contraté un anuncio geolocalizado en un conjunto de doscientos institutos de secundaria de México D.F. con un presupuesto de un euro diario y una expectativa superopti-mizada de trescientos me gusta por día. De alguna forma, me negaba a irme de la casa porque pensaba que, entre ambos, actuaríamos. Que el cáncer y la entropía podían ser reconducidos con la palabra, y luego con la presencia, y en última instancia con el tacto. Adoraba el olor salvaje y elegante de Ur. Ella nunca dijo nada sobre el mío, diría. El día que decidí que ya no íbamos a actuar en ningún sentido y que yo debía marcharme porque ella no deseaba otra cosa ni yo tampoco, recibí un WeTransfer con las cincuenta fichas de monstruos. Cogí el portátil y una pequeña maleta con ruedas no del todo bien engrasadas y me marché de casa. Alexander, en su habitual e incierto tono, me dijo que había problemas con el wifi en Cuba y que me había escrito todos los textos a la intemperie en un parque público y desde el móvil, que esperaba que estuvieran bien a pesar de las circunstancias irrenunciables y que agradecía que por fin le encargara textos sobre algo interesante, monstruos, y no las habituales fichas empresariales de los Woocommerce corporativos y la madre que los parió. Ya desde casa de madre, habiéndome llevado solo el portátil y algunas prendas de ropa, le encargué otras cincuenta fichas de monstruos. Esta vez, palabras clave con mayor volumen, pero que interpolaban bien con las cincuenta anteriores para empezar a crear un robusto enlazado interno. Madre colocaba sus manos sobre mi estómago mientras yo estaba tumbado y me hacía reiki. Cerraba los ojos y trataba de sentir algo. Ni siquiera pensaba en Ur. Pensaba: Si te has marchado ya no volverás; la cuerda está cortada. Cuando salí de la casa para ir con madre cogí un taxi. Desde la ventanilla vi cómo Ur levantaba la mano y la agitaba lentamente en señal de adiós. Toda la ansiedad impresa en la oscura e intensa despedida que representamos en el vestíbulo, el abrazo prolongado que quizá sería el último, el beso ya reducido solo a roce que también sería el último, toda esa ansiedad que había anidado en mi estómago y que me apretaba el corazón, desapareció cuando cerré la puerta y un chófer indio dijo: ¿Adónde usted? Entonces giré la cabeza y vi a Ur, su mano en el aire, y partimos. El taxista disponía de varias pantallas en el coche; además del panel digital del cuentakilómetros tenía un GPS, un móvil con el dispositivo común de mensajería, y luego otra pantalla en la que se veía un botón rojo que él pulsaba de vez en cuando para comunicar largas parrafadas en indio, monocordes sentencias, una especie de letanía que me sumió en la calma. Madre posaba sus manos sobre mi pecho maltrecho y hacía reiki. El osteópata señaló que una terrible conjunción de contracturas estaba dándose en mi espalda. Por las noches, madre veía series en la televisión. Si era domingo, mirábamos juntos *Cuarto Milenio,* un programa esotérico al que llevaba catorce años aficionado y del que era adicto. Para mí era una fuente de ideas de palabras clave para la Monstruopedia. Madre me informaba, tras haber visto *Cuarto Milenio* conmigo, de que la habían acosado las pesadillas por la noche. Yo no recuerdo ningún sueño desde hace años.

En las primeras semanas de separación, Ur y yo nos vimos en dos ocasiones, pero decidimos dejar de hablar tras discutir por teléfono y naufragar en los delirios del reproche. Y yo sentía el embudo. El escenario en que la energía es entrópica e incontrolable. La succión hacia dentro. Lo que ocurre en el orden de los cuantos, que al parecer no son nada, y ni siquiera son propiamente reales. Allí donde se produce la separación de los objetos imaginarios y la masa que alguna vez llegamos a representar juntos empieza a revelarse como insignificante. Al mismo tiempo, según Ahrefs, el proceso de indexación de la Monstruopedia avanzaba con paso firme. Cada día, 30 palabras clave indexadas nuevas. La primera de todas, la palabra clave fundacional del posicionamiento en el buscador, apareció un día de octubre en la posición noventa de las SERP: *Cecaelia*. Se trata de mujeres pulpo como la antagonista de *La Sirenita*, muy presentes en la mitología japonesa. La URL[1] estaba trufada de bloques de Adsense y Themoneytizer que, para mi caso concreto, anunciaban hostings VPS SSD por apenas diez euros al mes. Algo que yo mismo necesitaría pronto. Porque en Facebook la página crecía a un ritmo de trescientos seguidores adolescentes al día, que clamaban en oscuros comentarios escritos en *slang* mexicano por que subiera más monstruos a la web, el Panotti, Mothman, el Can Cerbero o bien el Cíclope. Y cuando posteé acerca de la Hidra una fan dijo: «¿Para cuándo una ficha de mi monstruoso ex?»

Madre solía cocinar cremas y pescados embutida en un albornoz rosa. Yo la ayudaba a veces en pijama. La conversación con ella versaba sobre la familia. Mi primo había anunciado pocas semanas antes de que Ur y yo lo dejáramos que iba a donar un riñón a quien necesitara un trasplante. Dijo que había pasado cuatro meses en interrogatorios con médicos y filósofos de la ética que se preguntaban por qué una persona sana y joven quería desprenderse de un órgano: eso no había ocurrido nunca en la historia de los trasplantes españoles. Mi primo me contó que, frase por frase, proposición por proposición, tejió la más poderosa e imbatible argumentación, y que los médicos tuvieron que concederle el permiso, y que ahora iban a extirparle un riñón ante quienes sabíamos de sobra que se

1. https://monstruopedia.com/monstruos-marinos/cecaelia/

trataba de un acto más de la consumación de su locura. Somos melancólicos por derecho propio, eso es lo que nos une, un colágeno petrificado en el pasado. Madre me hablaba de sus pacientes en la consulta logopédica. Es importante que los niños abandonen las pantallas y jueguen con los objetos, o bien tendrán problemas. Yo le hablaba de mis sentimientos con respecto a Ur. En el silencio de la incomunicación, todo reproche encontraba su encaje. Cada aspecto entraba en el recuento. Ur me escribió que yo para ella era una raíz inextirpable. Yo le dije que para mí ella era una raíz inextirpable. Pero ambos nos separábamos. Esa era la fuerza newtoniana, ese el impulso tomado mucho antes.

Cuando me pagaron el sueldo del mes le pedí a Alexander un nuevo lote de artículos para la Monstruopedia. Esta vez íbamos a empezar a tratar el tema de los extraterrestres, ovnis y otros posibles monstruos interplanetarios. Según observé, el rendimiento de los monstruos mitológicos es un 50 % superior en Google al rendimiento de los monstruos extraterrestres. Si el monstruo mitológico tiene avistamientos hoy en día, vídeos en YouTube, el rendimiento asciende a un 70 % de aumento en el alcance potencial del post. Alexander, en su entrega, me comunicó que uno de los redactores estrella que subcontrataba, John Armand, había muerto debido al huracán que acababa de azotar Cuba, y que entre los textos que me entregaba ahora, a un precio de cinco dólares por quinientas palabras optimizadas para SEO, figuraba el texto póstumo de Armand, la ficha postrera del Basilisco. En su elegíaco correo me pedía solo una cosa: Cuando subas a la red la ficha del Basilisco, no le pongas anuncios de Adsense ni Themoneytizer. En honor a nuestro autor estrella. No le puse anuncios de Adsense ni de Themoneytizer a la ficha del Basilisco. Y cuando la compartí con los veintitrés mil seguidores de Facebook recibió centenares de me gusta, y me fijé en que más de uno repetía de nuevo «Me recuerda a mi ex», frase que me llevó a una extraña noche febril, recapitulativa, fundacional, en la que sudé algo, en casa de madre. Por la mañana le pregunté a Alexander si no había por allí algún programador cubano interesado en crearme un widget en JavaScript para la Monstruopedia. ¿Qué clase de widget, Víctor?, contestó Alexander. ¿Te das cuenta de que aquí en Cuba son las cuatro de la madrugada? Teníamos esa confianza. Siempre tengo esa confianza con mis redactores subcontratados. Quiero un widget en el que el usuario pueda introducir características de su exnovio o exnovia, y en el que un programa calcule las variables para mostrar en pantalla una ficha concreta y diga: «Tu ex es este monstruo.» Eso quizá me hubiese costado menos dinero en India, pero es que adoro a los cubanos.

Madre solía enfermar. Eso es lo que observé en el mes que pasé con ella. Yo no solía hacerlo porque quizá ya estaba enfermo de la mente. Pero más de una vez la encontré en cama. Mi hipótesis es que ella tiene el poder de absorber la bilis de los demás, y de transformarla, y de hacerla cosa digna o armonía. Lo estaba haciendo conmigo. Yo la estaba enfermando con mi mera presencia. Empecé a estar menos en casa. Pasaba, en cambio, las tardes en sórdidos bares del barrio de Sants: panaderías industriales con wifi en las que subía los artículos de mis páginas web, y los monstruos de la Monstruopedia, ante la turbia mirada gerontológica de algunos. ¿Por qué ya no deseaba? ¿A qué ese repudio del mundo? Consumía croissants de chocolate sin apenas deleite. Volvía a casa en metro con la vista fija en el suelo. Un tal Adrián Calvet, programador expatriado en Cuba, me mandó el widget con instrucciones para integrarlo en la plantilla Enfold con la que corría la web. Colgué el widget y lo lancé en Facebook para uso masivo de los adolescentes mexicanos de este mundo. Pero antes quise probarlo. ¿Qué monstruo es tu ex?[2]

Debajo aparecían varias cajas con múltiples posibilidades de selección: tamaño, carácter, nivel de infidelidad, tipo psicoanalítico y opciones sofisticadas que había pensado para crear un algoritmo potente. Vamos a probarlo, me dije, ya evocando a Ur en mi cabeza, permitiendo que Ur apareciera de nuevo a través de la cápsula, el cofre, la celda en la que había sido depositada en mi cabeza hasta la fecha.

Dicen que la persona que inicia un duelo sueña con espacios geométricos estancos. Pero yo no recuerdo mis sueños; la noche para mí es solo un instante de ofuscamiento.

Al cumplimentar el cuestionario pulsé: *calcula el monstruo.*

Calcula el monstruo: dejé un rato el cursor sin hacer clic y pensé: No, este botón no está bien. Tengo que pensar otro tipo de botón. Será más bien *Descubre qué monstruo es tu ex.* Además, falta el *hoover.* Entonces cliqué y se activó la animación que se había llevado el grueso del presupuesto: *calculando.*

Y hubo un fundido hacia la tipología de monstruo: *Ser astral.* Y a continuación un fundido hacia la categorización bien y mal, en la que ni siquiera yo creía: *Bien.* Y luego la aparición mediante un rudimentario golpe de After Effects de la carta correspondiente al monstruo: *Ella es un ángel,* dijo el programa. *Ella es un ángel.* No supe si derrumbarme y llorar o si llamar al tal Adrián Calvet y decir-

2. https://monstruopedia.com/que-monstruo-es-tu-ex

le que su programa era una cursilada, que debíamos modificar de inmediato el algoritmo ese.

En pantalla, alrededor de la figura luminosa del ángel que supuestamente era Ur, se desplegaban banners y acordeones de Adsense y Themoneytizer.

Decidí derrumbarme y llorar.

Además de Monstruopedia.com, creé Escribien.com. En pocas semanas indexé trescientos artículos de blog pensados para escritores y empecé a aparecer en búsquedas del nicho: «Escribir diálogos: guía completa», «La atmósfera literaria», «Bolígrafos para escritores». El grueso de los artículos los redactaba Alexander desde Cuba según su criterio. Artículos de venta de ordenadores para escritores, lámparas para escritores, libros para escritores y hasta colchones para escritores. Me los enviaba en pequeños paquetes RAR por las mañanas. Luego yo hacía la magia. Compraba enlaces, construía estructuras piramidales con mi PBN, optimizaba el código fuente: seducía a los robots del motor de búsqueda con cebos falsos. Me puse a buscar una habitación para dejar el piso de madre. Ur y yo habíamos acordado mantener la distancia, no hablar. Ju, mi mejor amiga, también especialista posicionadora, me dijo un día que quedaba una habitación libre en su casa.

Empecé a ocupar posiciones en palabras clave literarias. Posicioné un tutorial sobre «Cómo escribir una novela» en el TOP 3 español y latinoamericano de Google y miles de personas leyeron las mentiras que decía en él. Para mí era un juego subversivo poder domar al algoritmo sin decir la verdad, como no había podido domar la realidad de mis circunstancias diciéndomela. Si en España siempre ha predominado la prosa realista y social, yo decía en tal artículo de mi web que aquí, en España, predominaba en realidad la suntuosa verbosidad, el barroquismo imaginativo que prefiero. Y eso lo posicionaba arriba en las SERP. Decía que todos los escritores españoles eran odaliscas de la comedia, cosa que ya me gustaría, en fragmentos interpolados en un texto escrito con técnicas NLP para robots, y todo eso tenía la apariencia simple e ingenua de un tutorial básico sobre cómo escribir novelas. Como si yo supiera escribir novelas. Y eso luego lo subía a Escribien.com y lo posicionaba con técnicas de white, grey & black hat SEO. El oficio del posicionador busca gustar a los dioses algorítmicos, manipular un poco la mente con mentiras que parecen verdades. Y así creé en mi pequeño dominio una realidad completa de cómo eran las cosas bajo mi punto de vista.

Madre y yo compartíamos un pequeño ático. Mi voluminoso ordenador negro ocupaba gran parte del salón. El artículo «Fajas para cuidar tu espalda de escritor» había empezado a darme dinero. Escalé hasta varios TOP 3 de palabras clave relevantes con el artículo «Mejores escritores jóvenes españoles», en el que me había incluido. Mi principal logro fue la primera posición en el mundo de habla hispana para «Tipos de preposiciones». Conocía a Ju desde la infancia. Lo pasábamos bien juntos, nos sentíamos casi como hermanos. Habíamos vivido mucho. Nuestras familias tenían un trato generacional que se remontaba hasta el siglo XVIII y habíamos veraneado en el mismo pueblo. Ambos habíamos tomado el camino de la filología y ambos habíamos acabado en el pedregoso sendero del posicionamiento. Ella controlaba una de las páginas de bebés y mamás más importantes del mundo. Cuatro millones de usuarios mensuales que hacían empalidecer a mis liliputienses fortines de internet. Acepté su propuesta. La habitación era grande y estaba en el centro de la ciudad. Organicé una rápida mudanza que me obligó a volver a contactar con Ur. Escuché su voz al otro lado del teléfono. El recuerdo de ella se fragmentaba en escenas, que a su vez se fragmentaban en imágenes, que a su vez se concentraban en detalles. Nuestras voces sonaban forzadas, asépticas, mientras negociábamos cómo íbamos a hacerlo. De fondo oía el sonido de una pulsera que nunca se quitaba. Me la imaginaba con el ojo de la mente. Acordamos que Ur no pasaría por casa, *su* casa, durante el proceso de mudanza.

Regresé al lugar en el que había vivido con ella una mañana de invierno. Los gatos[3] que teníamos ya no me reconocieron. Se ocultaron bajo la cama mientras yo empaquetaba libros en cajas. No tenía suficientes cajas y no iba a poder embalarlo todo. A medida que avanzaba la mañana me di cuenta de que no iba a poder llevarme ni siquiera la mitad de las cosas que tenía allí. No había tiempo, no había un número suficiente de cajas, y además había una fuerza resistente que me obligaba a dejar algo, objetos, libros, una masa todavía de mi ser, volúmenes testimoniales, lo que fuera. Por la idea subterránea de un regreso. Ur había escondido todas nuestras fotos. En el jardín las plantas se habían hecho frondosas. Estuve durante una hora sentado en silencio y a oscuras en el sofá del que había sido nuestro salón. El transportista llevó todas las cajas a mi nuevo piso. Me dijo: ¡Si tú supieras! Yo dejé atrás a mi mujer y a mis dos hijos en una mudanza como esta: sé qué se siente.

3. https://victorbalcells.com/diario/gatos-ensayo/

Supongo que lo habrás visto muchas veces, trabajando en esto, dije.

Todo el tiempo, dijo. Cada día, dijo. Sé qué se siente. Dejé una nota de despedida lacrimógena en la mesa que Ur y yo habíamos compartido para comer. Me fijé en la gran cantidad de cepillos de dientes que había en el baño. No me despedí de la casa, ni de los gatos. Cerré la puerta con un golpe seco y no miré atrás.

En el nuevo piso me puse a desembalar cajas y a montar estanterías nada más llegar. Hasta que apareció otro de los inquilinos: Malcom. También se dedicaba al posicionamiento de páginas web. En este caso no eran bebés sino pornografía. Escuché el portazo en el recibidor y una voz grave que anunciaba a un hombre alto, fornido, tal y como me había descrito Ju en sus alucinadas fumadas psicotrópicas —le dábamos mucho a la marihuana—. Junto con Fukuoka, Malcom era uno de los SEO más conocidos del país. Malcom y Fukuoka. El mundo de los posicionadores era como el mundo de los artistas, y había estrellas ingrávidas, sátrapas, mercachifles, jóvenes promesas; había género policial y erótico. Algunos querían convertirse en los reyes de las wikis, y otros querían dominar el mercado de las zapatillas de deporte. Giacomelli, Malcom, Villanueva, Johnny, Fukuoka: nombres conocidos en el nicho; grandes domadores del algoritmo. Escuché los pasos de Malcom, que se acercaban por el pasillo hacia mi habitación, y lo imaginé gorilesco pero templado, con el magnetismo embrujado de los que nacen con un labio leporino —Ju me lo había descrito con precisión como un corte que descendía desde el agujero de la nariz hacia el interior de la boca—. Estar en la posición 3 por «porno en español» garantizaba ataques desquiciados de chinos y rusos, e incluso posibles incursiones penitenciarias en el mundo real. Por eso el candado de nuestra puerta era cuádruple, y por eso Ju había instalado cámaras en el recibidor y en el despacho de los ordenadores, y por eso en esa casa se usaban sofisticadas VPN para encriptar los datos de navegación y se alojaban sus webs en nodos submarinos de brumosos paraísos fiscales. Malcom abrió la puerta de mi habitación sin llamar y lo vi: barba afilada, la cabeza echada hacia atrás, altiva, antinatural; hombros anchos, pelo en el pecho según se veía a través de la camisa ceñida. Un hombre pensado para impresionar. Y me impresionó. Le di torpemente la mano mientras sujetaba un estante. Por el suelo, libros esotéricos, cajas de cartón.

Mi postura, dijo. Esto de que vaya tan recto no es a propósito.

¿Cómo?

Llevo un chip en las vértebras que me da descargas eléctricas si me inclino.

¿Descargas?

Eso he dicho. Lo estoy probando. Por eso voy tan recto.

Soy Víctor.

El de las páginas web que no dan dinero, ¿no?

En el mundo de los SEO no hay ni género ni sexo. Cada uno se define por las webs que tiene. La forma, los colores, la navegabilidad, el tiempo de carga son los rasgos que determinan a las personas que hay detrás. Los enamoramientos se producen por otro tipo de ontologías. Mis páginas, efectivamente, no daban dinero. El estado de la indexación de Monstruopedia.com y Escribien.com crecía incesante, así como su tráfico, pero su CTR era bajo, las URL orientadas a productos para escritores o muñecos de monstruos no generaban ventas. El supuesto mercado de fajas para escritores había resultado ser un espejismo. En la comunidad SEO me miraban con condescendencia porque me consideraban flojo a nivel técnico y excéntrico a nivel de contenido. Porque mis páginas web no se orientaban bien al mercado.

Supongo.

Haremos buenas migas, me han dicho que tienes ideas raras.

A mí me han dicho que tienes webs de pornografía.

Malcom, el gran posicionador, el sublime pornógrafo. Tengo el volumen de datos estadísticos más grande que se posee en materia de pornografía en España, dijo. Lo que se dice que le gusta a la gente no es lo que de veras le gusta a la gente, dijo. *Analytics no miente.*

Malcom parecía un tipo afable pero disminuido por alguna clase de inseguridad atávica que actuaba en segundo plano: estaba en la fase baja del Adderall o algún sucedáneo de pastilla anfetamínica porque su hablar era lúcido y de cadencia fija, pero al mismo tiempo adormilado, reducido a una fina línea monocorde que contrastaba con su robusto cuerpo. Quiso mostrarme la sala de ordenadores. Enseguida conectamos por el tema del SEO. Siempre hay anécdotas divertidas que se cuentan en el mundillo. Una secta. La secta de los SEO posicionadores. El subgrupo de los pornógrafos. La sala de ordenadores era un amplio cubículo iluminado por luces LED azules realzadas por pequeños difusores blancos que servían para tonificar la vista en pantalla. Ordenadores negros y cables atados en racimos perfectos. Hostings cuyas luces parpadeantes evocaban los flujos oscuros y viscosos de la gestión de datos automatizada que exigía la pornografía. Dentro de las torres negras se alojaban páginas web. Y anidaban robots araña. En esas torres tenían su casita los pequeños bots hechos en lenguaje de programación Python de los que Ju siempre me hablaba y que yo envidiaba. Cosas que no existían y que sin embargo eran.

Malcom había empezado a hablarme de una de sus páginas web. En esencia, Camstash es una web con vocación parásita. Como es lógico, no está alojada en esta sala, ni en esta ciudad, ni en este continente. Las partes físicas de Camstash se han fragmentado por el mundo con una CDN, como cuando alguien coge un puñado de migas de pan y las arroja al suelo para deleite y confusión de las palomas. Estaba arrancando su ordenador y, una a una, se encendieron las sucesivas cadenas de pantallas que había instalado para seguir las evoluciones de sus robots araña. Quiso mostrarme lo que él llamaba sus Ropens (en la Monstruopedia no falta este monstruo volador mítico.)[4] Los Ropens son los robots araña de Camstash, dijo. Y para que veas lo chula que es la iluminación que hemos puesto en la sala voy a lanzar un crawleo masivo. Vamos a lanzarlos a la red para que trabajen un rato. Los Ropens grababan todas las emisiones de cámaras en vivo pornográficas de los principales conglomerados industriales: Myfreecams, Chaturbate, Cam4, Flirt4Free, y los resubían gratuitos a Camstash. Son cámaras de grabación con patas que penetran en los cimientos del capital pornográfico y me lo traen de vuelta para que yo lo suba gratis, dijo Malcom, en mi página web.

Me hablaba y yo lo escuchaba como se escucha a un iluminado: entendía a medias que había automatizado procesos, y que su web Camstash era por lo menos varios miles de veces más grande que todo mi conglomerado. Yo solo era el monaguillo menor que engolfado se desliza hacia el altar. Malcom dominaba al dios del algoritmo y era inmune a las penalizaciones. Exaltado y sin darme mucho pie a hablar,

---

4. https://monstruopedia.com/monstruos-voladores/ropen/

lanzó a sus Ropens sobre las quinientas salas porno más vistas de Chaturbate. Las luces de la sala cambiaron a un rojo atmosférico. El cambio al rojo anunciaba el lanzamiento de los robots a la red. Mientras observaba esa maniobra evocaba en mi interior mi rústica enciclopedia de monstruos. Malcom me dijo que, si las luces de la sala parpadeaban, eso indicaba un ataque exterior chino o ruso hacia nuestros sistemas.

Quinientos Ropens salieron por el cableado de la torre negra y penetraron en la red para ponerse a grabar los striptease y masturbaciones y folladuras de los modelos de la red de Chaturbate. Eran lentes fotográficas que registraban lo que veían sin tomar partido para, más tarde, volver a la torre y sintetizarlo en un vídeo que se subía automáticamente en una URL de nuevo cuño en Camstash, web desatomizada en partículas granulares por el mundo.

Espero alcanzar en unas semanas un flujo constante de Ropens entrando y saliendo de aquí, dijo Malcom, y que se suba un vídeo al segundo a mi web.

Lo escuchaba y me preguntaba: cuánto dinero debe de estar sacando con esto. Había pasado a mostrarme la mesa en la que podría instalar mi torre de neones Intel 7 de décima generación y el funcionamiento de la refrigeración líquida central, cuando le pregunté por qué hacía eso.

¿Por qué republicas vídeos de miles de personas que se desnudan por unos euros?

Se había arrodillado para manejar las clavijas del *hub* y se detuvo y me miró desde abajo.

Easy, chico, *easy*. Si no le ves el sentido, es porque todavía no lo has encontrado.

No había contestado a mi pregunta. Aparte del dinero, todo posicionador tiene siempre un motivo secundario. La veneración también implica escapar de algo. Como no teníamos ventanas y como en internet no había hora, siempre era de noche en la sala de ordenadores. Malcom bebía latas de Red Bull y se suministraba unas seis dosis de Adderall al día. Cuando estábamos solos en la sala, había cierta tensión de discípulo-maestro. Yo prefería que estuviera Ju, con quien tenía más confianza. Además Ju no ocupaba los monitores compartidos con previsualizaciones porno. Las agendas de embarazo de la web de Ju eran visitadas por cerca del 80 % de las embarazadas y embarazados de Occidente. Ella llamaba a su web El mastodonte, la vieja carraca, en ocasiones la boñiga negra de la cabra. Era una web antigua y pesada y fragmentada en múltiples versiones idiomáticas con miles de URL que trataban el tema del embarazo, y el parto, y la salud del bebé, y las enfermedades del bebé y de las madres y los padres: no había palabra clave de la gravidez que no estuviera bajo el dominio semántico de Ju. Todas las variantes modernas de la sexualidad y el género y la gestación habían sido incluidas como palabras clave en su web. Para ella el dios del algoritmo no causaba más temor que una puesta de sol sin nubes: lo que ella hacía era magia blanca. Lo que Malcom hacía era magia negra en internet. Y por eso él era una estrella maldita del posicionamiento y ella una joven promesa.

Ju estudiaba a los filósofos de nuestro tiempo para comprender a las madres y a los bebés de nuestra era y para crear la mejor web posible para ellos. Ella era quien me había enseñado a despreciar nuestro oficio de SEO y a considerarlo mediocre. Vamos a hacer mediocridades, me decía muchas veces cuando estábamos tirados en el sofá del piso al que acababa de llegar y nos habíamos fumado un porro, para referirse a que nos metiéramos en la sala de ordenadores a trastear un rato con Ahrefs,[5] nuestro programa de posicio-

5. https://ahrefs.com/

namiento de cabecera, la biblia de los posicionadores, una base de datos infinita de las búsquedas mundiales de palabras clave. En nuestros veranos de la infancia jugábamos en el bosque. Teníamos una cabaña y en ella planeábamos la edificación de nuevas cabañas. Ahora, juntos bebíamos y nos drogábamos y transitábamos estados de consciencia que nos liberaban por un rato de nuestra mente neurótica y bloqueada. Una mente propia de una celda de Excel, que se ceñía a un espacio limitado pero infinito. De ser especialistas en encontrar las mejores ramas para construir una cabaña habíamos pasado a desarrollar una intuición especial para comprender gráficos y datos y números. Ju había acudido como amiga, una vez más, ante mi señal de auxilio y me había ofrecido esa habitación, y la oportunidad de conocer mejor a la turbia secta de los posicionadores, y de fundar un espacio en el que empezar a desplazar mi pasado.

En efecto, empezó una nueva normalidad en forma de días sin Ur. Al dejar de vivir con madre en su pequeña casa, pasamos a vernos sobre todo en las visitas a la residencia donde vivía mi abuela. Un espacio frío, fruto de la privatización más despiadada, en el que me encontraba también con mi hermana. En mi mente se mezclaban recuerdos brumosos de Ur, las tensiones finales, épicos instantes de amor y en todo momento imágenes templadas, en segundo plano, detalles. Solo los días y la repetición de su ausencia me permitieron empezar a pensar en la chica con la que me encontré al principio, cuando nuestra forma no era más que una potencia. Y empezar a pensar en cómo todo eso se había terminado. Las conversaciones, los revolcamientos, el extático hablar sobre lo que encontramos a lo largo de nuestro camino.

Ahora era el trabajo oficinesco de las páginas web y la carrera inacabable del posicionamiento. Ahora era, hacia el crepúsculo, jugar un rato en la sala de ordenadores con Ju y Malcom a explicarnos el día con el lenguaje de los *gifs* y los *stickers*. Luego cenábamos y nos drogábamos de forma ligera y caíamos tirados por el suelo, cada uno en su propia isla comunicativa, y Ju evocaba al aire alguna historia sórdida del mundo de la aristocracia, con el cual tenía contacto a través de la base de datos de la web de madres y bebés, o Malcom explicaba partidas de ajedrez históricas con los ojos vidriosos y el dedo índice vendado mientras yo callaba. O jugábamos a videojuegos. Nuestro favorito: un simulador de ciudades llamado *Cities: Skylines*. Donde había empezado a construir una gran ciudad en memoria de Ur, y a la que había llamado, claro, Ur. Una transposición de todos nuestros mensajes y cumplimientos en el lenguaje del urbanismo, en una simulación, de las formas de las calles y la orografía de los terrenos. Una ciudad de cincuenta mil habitantes que empecé como un pequeño pueblo arrabalero al marcharme de casa, y que ahora trataba de domar en vano en las noches de la sala de ordenadores.

Había invertido el presupuesto inicial en construir hermosos parques y arboledas, y no me había ocupado de mejorar el *flow* de tráfico, ni de construir hospitales para tratar a los enfermos, y ahora la ciudad tenía el mismo aspecto desencajado, descompuesto y titánico que mi relación rota. Había gastado todo mi presupuesto en parques y estatuas honoríficas, había privatizado todo lo privatizable, y ahora tampoco tenía dinero para habilitar cementerios ni para enterrar a sus muertos como es debido.

Fue Fukuoka, visitante recurrente del piso, quien sugirió que nos apuntáramos a un curso de algo, o a una clase, para evitar la espiral de decadencia y drogadicción a la que acaba entregándose todo informático que trabaja desde casa. Cada uno con lo suyo, Malcom con sus seis dosis de Adderall y Ju de alguna forma enganchada a los opiáceos, y yo también, claro, para pasar las horas ante las pantallas de ordenador edificando estructuras y buques insignia porque algo en nuestras vidas no encontraba solución. En mi caso, un duelo. Fukuoka era el genio, el gran filósofo, el amigo que encuentra entre la inmundicia los caminos. Eso decían. No vivía con nosotros pero tenía asignada una mesa en la sala de ordenadores. Apreciábamos su conocimiento y respetábamos su misantropía. Cuando nos dijo que nos apuntáramos con él a un curso de lectura de Freud sobre el duelo y la melancolía, accedimos de inmediato. Dijo que entender los patrones de conducta de los usuarios afligidos nos ayudaría en nuestra lucha. No entendí qué quería decir con *nuestra lucha* y no quiso aclarármelo. No es el momento, dijo. Tan solo Malcom tenía cierta relación con Fukuoka por el tema de la pornografía. Porque nadie conocía sus páginas web, y sin embargo todos acudían a él cuando el algoritmo decidía penalizar a alguien, como los peregrinos acudían al Papa para rogar clemencia, la absolución final de todo pecado. La fama y el secretismo son dos aspectos de un mismo magnetismo, nos decía Malcom cuando le preguntábamos acerca de Fukuoka.

Poder estudiar en ese momento, a esas alturas, el tema del duelo y la melancolía: selvático misterio. Porque yo no tenía fotos de nuestra relación –pasados algunos meses, ella no me las había hecho llegar–, podía evocar a Ur tan solo a través de mi memoria. Los seminarios serían los martes y los jueves al atardecer con un conocido psiquiatra: Mr. Braier. Sesenta años de experiencia clínica en psiquiátricos de la Argentina profunda. Lo principal para un SEO, dijo Fukuoka una noche en la que yo me estaba esforzando por tomar las riendas de mi ciudad en el videojuego, es el conocimiento de la psicología humana. Y vamos a empezar por la tristeza.

MR. BRAIER

El despacho de Mr. Braier se encontraba junto a la playa, en el interior de un complejo comercial con vistas al mar. Fuimos en metro. El hecho de salir de casa y coger el metro todos juntos nos hizo raros. Vernos los cuerpos a cierta distancia. Ver la ciudad, aunque fuera bajo tierra. Me fijé en Ju, de pie, cruzando las puertas batientes de la estación. Hacía años que no veía su silueta al andar, o por lo menos en los últimos meses la había visto tan solo sentada, o tumbada, o tan cerca que no podía adquirirse perspectiva alguna tras la pantalla. Malcom parecía un boxeador, embutido en su vieja chaqueta. Fukuoka era el más raro. Alto, encorvado, con el pelo que le crecía solo por detrás descubriendo una atormentada e inteligente calva, levitaba. Yo no me miro en los espejos, ni en los cristales opacos del metro. Nos abrió la puerta del despacho un hombre minúsculo y de aspecto afable: Braier. Así empezó nuestra formación en la psicología humana. En la primera clase, con los pies colgándole de la silla sin llegar a tocar el suelo (tras la ventana el furibundo mar tempestuoso azotaba la playa), Braier nos habló del duelo. *Ni siquiera podemos decir cuáles son los medios económicos por los que el duelo consuma su tarea* –giraba la cabeza como un muñeco y su bigotillo destacaba el movimiento sinuoso de unos finos labios–, *pero quizá pueda valernos aquí una conjetura. Para cada uno de los recuerdos y de las situaciones de expectativa que muestran a la libido anudada con el objeto perdido, la realidad pronuncia su veredicto:* el objeto ya no existe más. *Lo que queda de la persona que se ha marchado flota en el aire y se embuda para, primero, eliminar el recuerdo de la fragancia y el tacto, y luego la imagen, para dejar al final tan solo una forma, el esqueleto de una idea abstracta que una vez fue carne.* En las estanterías del despacho de Mr. Braier abundaban figuritas de seres mitológicos, sobre todo una pequeña familia de trols que uno podía contemplar a pocos metros de su lúcida cabeza oscilante, y que otorgaba a sus palabras un aire como de magia y de cueva. *El objeto ya no existe más, pero regresa. Primero como sucesos colaterales, luego como energía o pensamiento. Regresa como fantasma.*

Los hechos: Una noche se encendieron las luces rojas en la sala de ordenadores. Ju y yo estábamos fumados y tratábamos de crear una circunvalación de autopistas en mi ciudad de *Cities: Skylines* que aligerara de alguna manera los monumentales atascos de sus autovías de acceso, cuando saltó en pantalla el aviso de un ataque de Oriente: Rusia o China, otra vez. Ambos nos incorporamos y salimos al mismo tiempo en busca de Malcom porque no sabíamos muy bien cómo proceder para defendernos. Desde luego, nadie iba a atacar mis páginas. Monstruopedia y Escribien eran reductos que en nada podían interesar a los chinos. Malcom se había encerrado en la habitación. Irrumpimos en ella. Estaba tumbado en la cama, torso desnudo y húmedo, la mano reposaba pacífica en el pene. Al vernos entrar recostó la mejilla contra la almohada. Tenía la vista perdida en la moqueta.

Malcom, hay un ataque, dijo Ju agitando su peludo torso perlado de esperma. Con un gesto mecánico, Malcom volvió a la vida, se puso en pie y se secó la mano y el torso con una toalla que guardaba en la mesita de noche. No dijo nada comprensible mientras se abrochaba el pantalón. Farfullaba.

En la sala de ordenadores se habían activado los robots defensores de tipo Hydra. Así lo indicaban las luces rojas con matices amarillentos. Según el protocolo que una y otra vez nos había explicado Malcom, lo único que teníamos que hacer era verificar con ellos la naturaleza del ataque y ocultarnos tras las defensas. Pero no sabíamos hacerlo. Esta vez veía su cara iluminada por la pantalla y a Ju a sus espaldas con el ceño fruncido.

¿Puede ser el Halo?, dijo Ju.

Malcom tecleaba y no pareció atender.

¿El Halo?, pregunté entonces.

No sabía de qué hablaban.

No es el Halo, Ju, ¿cómo demonios va a ser eso? Es un DDoS ruso.

Nadie me contestó. Por la parsimonia con la que se lo tomaba Malcom, tampoco parecía haber mucho peligro. Por lo que me retiré hasta mi mesa. En pantalla estaba todavía la partida de *Cities: Skylines* congelada. Después de dedicar unas horas a un elegíaco parque llamado *Ur memorial*, había conseguido meter en una vía un tren doble con señales semafóricas hasta una terminal portuaria de carga. Pequeños logros constructivos del engrasamiento y la fluidez. Fue entonces cuando recibí la llamada de madre, extraña llamada en medio de la noche, más allá de la medianoche, en la que ella me dijo que debía ir de inmediato al hospital. Mi abuela se estaba muriendo.

Sin esperarlo, lo esperábamos. Dejé a Ju y a Malcom en

la sala de ordenadores con los robots Hidra de defensa en pleno bloqueo de los flujos rusos y salí a la calle dispuesto a enfrentar *el momento*. Me di cuenta entonces de que nunca había visto a nadie morir. Y de que seguía drogado y por eso mi percepción era tan enajenada, o al menos la luz de los semáforos y las farolas me parecía tan iridiscente, romboidal, y las caras de los transeúntes tan amenazadoras como páginas desindexadas; cogí el metro y llegué al hospital de la montaña por un pequeño sendero que se internaba en un parque de la zona alta en el que las sombras me acecharon. Al llegar a la habitación, madre, mis tíos y mi hermana rodeaban a mi abuela, que yacía con los ojos cerrados y respiraba en lentos estertores finales. Una manta cubría su cuerpo hasta la cabeza. Las manos, bajo las sábanas. Largas inspiraciones a las que se sucedía una inmovilidad estática. Llegué hasta su cuerpo y alargué la mano y toqué la piel todavía caliente del cuello. Ella pareció sentirlo, porque dio un respingo con el cuello. Con mi llegada, estábamos todos. La pequeña familia desgajada. El átomo perdiendo a su núcleo. Respiró unas veces más y entonces dejó de hacerlo. Vi en el aire una bruma blanca, translúcida, y sentí un silencio ingrávido, y madre dijo: Se acabó. No lloramos: la sentimos marchar *hacia otro lado*.

En la primera clase, Mr. Braier había dicho que el duelo se vive como una geometría no euclidiana, y que quien muere lo hace dos veces, primero como presencia, después como fantasma en nuestra mente.

Al regresar a casa Ju me había puesto como fondo de pantalla del ordenador una de sus imágenes irónicas o de broma, memes con los que solíamos bombardearnos cuando trabajábamos en la sala de ordenadores. En el encabezado se leía «La poesía te salva». Debajo, un grotesco diablo de feria transportaba en brazos a un niño en estado de pánico hacia una incierta y tal vez bufonesca salvación. El ataque había sido un DDoS infructuoso, algo así como envío masivo de morralla para saturar los servidores y derribar webs temporalmente, y la sala ahora estaba vacía y las luces de ambiente eran azules de nuevo. Ju y Malcom dormían en sus habitaciones. Puse los pies sobre la mesa y me acomodé con una pringosa tarrina de helado. Y entré a actualizar la Monstruopedia mientras mi pensamiento divagaba y evocaba a mi abuela. Dentro de mí, había apenas unas brasas crepitantes. Las últimas veces que visité a mi abuela ella me decía sistemáticamente dos cosas. La primera era que, de alguna manera, yo había crecido en altura desde la visita anterior. Según mi abuela, no había dejado de crecer desde los quince años semana a semana. Una buena forma de no ver que en realidad era ella quien estaba encorvándose, haciéndose más pequeña. Fue una mujer alegre hasta el final. La segunda cosa que me decía tenía que ver con Ur. Me preguntaba si nos íbamos a casar pronto, y yo le contestaba que sí. Me preguntaba si tendríamos una hija pronto y la haríamos bisabuela. Y yo le contestaba que sí.

No tardé mucho en comprender que mi forma de jugar a los videojuegos mostraba el camino de mis defectos. Y que había ocupado todo el tiempo en buscar mis faltas en los demás. En examinar sus movimientos para capturar la falla. En examinarla en secreto sin examinarme a mí en ningún momento. En buscar en Ur las hendiduras, las grietas de su superficie acuosa. Por ejemplo, en el juego de estrategia *Age of Empires* mi gran placer consistía en crear aldeanos que picaran la piedra y construyeran murallas infinitas. Apenas construía ejércitos. Era totalmente defensi-

vo. Murallas de diferentes niveles y torres balísticas y castillos fortificados.

A la media hora de partida, los contrincantes empezaban a atacar mis sublimes fortalezas. Y yo resistía sobre mi torreón dorado sin ejército. A Ju le encantaba quedar conmigo para echar maratones de *Age of Empires II*. Se regodeaba en la destrucción de mis murallas con sus brutales armas de asedio y ataque. Ju conocía el secreto poder de las catafractas y siempre me ganaba. Mis hombres y mis mujeres aldeanas corrían de un lado a otro despavoridos con palos de madera y en vano contemplaban el inexorable incendio de sus casas.

Cuando era pequeño padre me enseñó el mundo de los videojuegos. Pero no me permitió probarlo. Yo solo lo observaba jugar a él. Pasé tardes enteras sentado junto a padre. Atento a sus movimientos en pantalla. Lo que a él le gustaba eran los juegos de disparos: *Wolfenstein, Quake.* Cualquiera. Cuando a los doce años padre me regaló mi primer ordenador, un Pentium II, empecé por ellos. Instalé *Half-Life* y me inicié en la aventura de Gordon Freeman en *Black-Mesa,* y aniquilé a sus monstruos interdimensionales uno por uno en mi primer ordenador durante horas de laboriosa práctica y repetición. Lo hice con el subfusil, con el cañón Tau, pero también con la palanca, cuerpo a cuerpo en intensas melés impregnados de sangre. Toda la energía estaba disponible. Toda mi fuerza estaba ahí.

Sin embargo, cuando llegué al último enemigo de *Half-Life,* un enorme monstruo rotatorio de naturaleza colménica, no lo vencí. Abandoné. Desinstalé el juego. Pasé a otra cosa. Con Ur no jugaba a videojuegos. Ella era el recipiente, ella era el ánfora. No era necesario hacerlo, o no sabíamos hacerlo juntos. Ur hacía collages a solas y muchas veces yo entendía las formas de su ánimo por ellos y no por sus palabras. En uno de esos collages había recorta-

do un retrato en una malla de triángulos y había cambiado las piezas de tal manera que los ojos se desfiguraban por la cara, y los labios también estaban en la frente, y no había unanimidad ni integridad en la figura. Lo hizo poco antes de que empezáramos a distanciarnos. Nuestra comunicación se emitía desde fuentes distintas y ese era tal vez el único juego. El juego de la interpretación. Ella un día se

arrojó a mis brazos tras escucharme decir la palabra *pláta-no*. Cómo dije esa palabra para que todos los resortes de su amor se abalanzaran hacia mí: no conozco ese secreto. Después de *Half-Life*, seguí años en los juegos de acción. Pero en una variante más pausada. Títulos de espionaje donde el sigilo y la espera eran la clave. Pasé la adolescencia por el suelo sin ser visto por patrullas y vigilantes para salir a sus espaldas y cogerlos por el cuello y estrangularlos en silencio y luego ocultar sus cadáveres en el *container* de la basura. Existía un progresivo detenerse en mí, también representado en los juegos. La llegada a un puerto, tal vez, o la prefiguración de un encallamiento. Todo mi ser había empezado a arrugarse a los veintiséis años. Aparecieron contracturas en la espalda. Luego llegaron los juegos de estrategia por turnos, que exigían horas de inmovilidad y reflexión. Cualquier movimiento podía ser calculado sin prisa. Toda decisión podía ser postergada. En ese estado simbiótico conocí a Ur, a mis veintiocho años. Como estratega de segunda, como cavilador. De ser un trepidante agitador infantil de Tomb Raiders, había pasado a ser un disciplinado y sesudo táctico de movimientos lentos. *Xcom: Enemy Unknown.* Y cuando nos enamoramos, dejé de jugar a videojuegos. Ur era la cadencia perfecta de la oscilación del átomo de cesio. Hasta qué punto la fantasía sustentó una realidad, no lo sé. Pero no hicieron falta las sublimaciones. La protección de los prejuicios. El cabello de Ur cambiaba de color según la estación. Era vaporosa, delicada. Contemplábamos nuestros mutuos encapsulamientos con inquietud.

Un día, fregando los platos, descubrí el síntoma fundacional. Por algún motivo habíamos entrado en un remanso donde algo no fluía. Enjuagaba el primer plato, y el de Ur, y los vasos, y las sartenes a fondo. Pero a medida que se acercaba el final de la tarea de fregar los platos, yo empezaba a adquirir la sólida convicción de que no iba a poder terminar la tarea de fregar los platos. Y no terminaba la tarea de fregar los platos. Siempre, luchando oscuramente contra mi propia cabeza, contra un volumen, una fuerza bestial, dejaba en el fregadero un tenedor, una cucharilla para el café, sin limpiar. Ur se acercaba y me decía: Pero por qué no acabas de fregar los platos. Por qué tienes que dejar siempre algo, decía, para acabar luego ella con la tarea de fregar los platos. Tuve la misma pugna en el WhatsApp, cuando personas cercanas me escribían y yo no era capaz de abrir ni siquiera su ventana para leer lo que me habían escrito, y si lo hacía, no era capaz entonces de darles respuesta. Penetré en esa rara enfermedad. Para contrarrestarlo, pensé: Vuelve a los videojuegos.

Entonces me instalé *Half-Life* para comprobar a la media hora que era imposible seguir, que debía cerrar el juego presa de una ansiedad extrema y que no iba a llegar otra vez al *boss* final. Probé con juegos más ligeros como *Slay the Spire, They Are Billions, Portal* y tampoco fue posible. Ni siquiera la recompensa inmediata bastaba para saciarme. Y debía abandonar, volver una y otra vez al punto de inicio. Se formaba una fuerza, una barrera que impedía el disfrute, un cuchillo que fragmentaba la realidad en láminas finas e inconexas con las que uno tenía que lidiar sin poder terminar, dar por concluido, emitir una respuesta segura, nunca. La pornografía podía destensarme y aligerar la impetuosa sensación física, pero la pornografía a su vez agotaba lentamente mi deseo. Agotó lentamente mi deseo. Tal y como lo recuerdo, las faltas entre ambos nacieron cuando nació aquello. Y nos interpretamos de tal forma que no supimos explicar qué pasaba ni ayudarnos. Probé desesperado otra vez los juegos de estrategia por turnos sin comprender cuál era la satisfacción que necesitaba para calmarme. Mi cuerpo era un bloque duro, Ur me lo decía cuando la besaba y yo no podía articular palabra. Por qué me besas así, preguntaba. Y a veces me parecía disgustada. Mis labios eran en ese tiempo cerámicas antiguas y enmohecidas. Entonces me encontré jugando a videojuegos de gestión y construcción. Construcción de parques de atracciones, construcción de hospitales, de prisiones, de discotecas. Lo que Ur me hizo, yo también se lo hice de otra manera. Ya era demasiado tarde cuando cada uno iba por su lado en la casa, comíamos a horas distintas, quedábamos con nuestros amigos por separado, dormíamos dándonos la espalda y ya no nos mirábamos.

Comencé a jugar al simulador de ciudades *Cities: Skylines*. Activé el modo dinero infinito y pasé días construyendo autopistas y polígonos industriales. Con un nivel de detalle extremo componía un parque, árbol por árbol y columpio a columpio, reclinado en mi silla con ruedas mientras Ur estaba a otra cosa. Y a medida que la ciudad crecía y envejecía, también se hacía caótica, ingobernable.

Antes veíamos películas juntos. Antes nos íbamos a dormir a la misma hora y despertábamos juntos y desayunábamos del mismo plato rodeados por los gatos. Mis amigos, entre ellos Ju, me llamaban el estatuario; a veces el lósico. De losa, piedra o pedrusco tallado que sirve para cubrir las tumbas de los difuntos. ¿Fue mi tumba la que cavé o bien fue la tumba de otro?

Soñé a Ur muy cerca, durante semanas o meses, cuando ella ya estaba muy lejos. El tiempo no existe, solía decirme ante el espejo del recibidor sin mirarme a los ojos, basándome en una interpretación tonta de la teoría cuántica de bucles. Basándome en la idea de Freud del inconsciente aplicada a una ciudad que viviera al mismo tiempo todas sus épocas superpuestas, donde nada queda atrás o sepultado.

Con ese consuelo salía de casa.

Fukuoka nos preguntó si podía invitar a unos comerciales de Lovense a nuestro piso. Dijo que en su casa no se podía estar, y que era necesario impresionar a esos mindundis para cerrar un trato ventajoso. Fukuoka era el propietario de una de las principales páginas de webcams porno online del este de Europa. Nada comparable con los grandes actores como Chaturbate o Myfreecams, pero poderoso como para llamarse a sí mismo millonario a pequeña escala. Su página, franquiciada con Camsoda y Flirt-4free, tenía un promedio de cinco mil modelos en línea las veinticuatro horas del día, todo el año, hombres, mujeres, trans y variantes abiertas –esa fue la clave de su éxito, incorporar nuevas formulaciones de sexualidad y género, fórmulas anticanónicas que estaban ya tomando forma en el mundo como realidades–, que cobraban al recibir pagos de los usuarios para desnudarse, masturbarse, lo que estuvieran dispuestos a ofrecer. Fukuoka, como intermediario y proveedor del ancho de banda, se quedaba una comisión por pago. Webs como la suya habían destruido la industria de los clubes nocturnos de striptease. Y Lovense venía ahora a ofrecer sus vibradores digitales conectados con la app para su implementación técnica en las modelos propias que gestionaba la web de Fukuoka. Vibradores que los modelos podían insertarse en sus genitales y que vibraban, dando placer, cada vez que alguien pagaba. Según datos estadísticos relevantes, la implementación de Ohmibod en Chaturbate llegó a duplicar el volumen de pagos –tipeos– de los usuarios. Con la llegada de Ohmibod el usuario pagaba y el aparato vibraba produciendo placer. Ya no era necesario tocarse para la masturbación. La conexión directa entre el dinero y la vibración a través del objeto. Cada pago garantizaba una vibración, un gustito en el modelo, un gemido de placer –la pericia en este ámbito dependía de la persona–. Ya no era necesario nada más que quedarse estatuario, perfectamente desnudo ante la pantalla en la gloria de los propios atributos, y esperar a que los tipeos produjeran placer, y esperar acaso que la acción conjunta de miles de usuarios que pagaran para crear vibraciones en Ohmibod llevara al estado natural del orgasmo. Antes, cuando los modelos recibían cierta cantidad de dinero, empezaba el show. Ellas se entregaban durante unos minutos al show. Ahora el show lo hacían los usuarios en tiempo real y el vibrador respondía a un algoritmo que conocía el secreto del placer y eso le interesaba a Fukuoka, quien llegó ataviado con su abrigo largo de vampiro y las uñas pintadas de negro. Soy un ser inmoral que ha descubierto en la inmoralidad una fuente herrumbrosa de la que es posible beber, dijo desde su mesa de la sala de ordenadores cuando Ju hizo pasar a los comerciales de Lovense. Esos seres encorbatados venían con cuatro maletines que procedieron a abrir ante nuestros ojos.

Lush 2 y Domi, los vibradores superventas. Uno para ser introducido en la vagina, adaptado a la forma perfecta de los conductos interesados, otro para ser apoyado en el clítoris y para masajear suntuosamente los labios vaginales. En ambos, un código programado que era el resultado, la síntesis, del estudio científico de miles de mujeres y sus formas de alcanzar el placer, una reducción a la media estadística que los comerciales vendían como la perfección alcanzada y como la liberación definitiva. La liberación de todo lo liberable. Fukuoka desde su escritorio los miraba y creaba arabescos con sus imponentes dedos de pianista, ahora con las uñas negras. La voz monocorde de los comerciales no parecía impresionada por la puesta en escena de la sala de ordenadores, ni por la penumbrosa luz azulada que Malcom había dispuesto con acierto para la ocasión. *Nosotros te suministraremos recambios infinitos y gratuitos de los productos Lovense para todos/as tus modelos, a cambio de una comisión sobre los tipeos.* Esa era la oferta. Ellos estaban acostumbrados a los excéntricos pornógrafos. Nada les impresionaba. Eran simples burócratas. Aceptar la oferta implicaba duplicar los ingresos. No podía no aceptarse la oferta a riesgo de quedar varado en uno de esos agujeros de la industria que conducen a la desgracia, el salto del vinilo al CD, del carrete de fotos a la fotografía digital, del correo postal al correo electrónico. Los vibradores digitales interconectados con la app eran la moda. Fukuoka iba a aceptar. No aceptar implicaría perder a medio plazo a sus propias modelos, las que le daban más dinero, un tipo de pérdidas que no podía permitirse y que le ocurrían cada vez que un usuario tenía un poco de éxito y pasaba a jugar las grandes ligas de Chaturbate o Bongacams. Así que negoció el porcentaje y aceptó. Decían que era un filósofo, un pensador, pero yo solo había visto a un pornógrafo con pericia técnica y habilidad para la negociación. Aparte de dinero, no entendía qué le proporcionaba esa página web, ni para qué.

BURY YOU!

Despierta, vamos, vamos.

...

Arriba, arriba, venga, vamos, tío.

Pero... ¿qué?

Que te levantes y vengas conmigo.

En mi móvil eran las cuatro de la madrugada. Malcom aguardaba de pie junto a la cama, con los brazos en jarras.

Pero, tío, ¿qué te pasa?

Brecha en las defensas exteriores.

¿Qué?

Que hay una brecha en las defensas exteriores y una penetración del Halo.

¿El Halo?

Fukuoka nos va a dar un antídoto, pero tenemos que salir de aquí.

¿Hago la maleta?, me estaba vistiendo con cualquier cosa.

En la sala de ordenadores estaban Fukuoka y Ju, ambos con pasamontañas.

¿Ju?, dije. No entendía. ¿Qué era eso?

Vamos, vamos, ¿lo tienes todo? Fukuoka extrajo del bolsillo un bote de píldoras y nos dio una a cada uno.

Tomadla con agua azucarada. Es una cuestión de camuflaje, dijo. Tomamos la píldora con agua azucarada y salimos de la casa.

También salimos de la ciudad montados en la furgoneta de Fukuoka, una retrocaravana adaptada con cocina y ducha, así como una mesa y varias camas apiladas, todo ello alimentado con energía solar, que nos llevó hasta la pedregosa montaña de Montserrat.

En el coche ellos callaban, debían de ser las cinco de la madrugada, y cuando traté de preguntar qué demonios estaba pasando me hicieron un gesto con la mano. Tenían sintonizada la radio en una frecuencia que emitía chasquidos con alguna clase de patrón, una suerte de ritmos variables. Prestaban atención a esas interferencias. Aparcamos entre los matojos de un camino forestal. Caminamos un trecho a través del bosque. Nos metimos a oscuras en las cuevas de salitre de la montaña y allí dentro, tras ubicar una lámpara portátil, Fukuoka desplegó unos cuantos sacos de dormir.

La verdad es que mañana es el funeral de mi abuela, acerté a decir.

Podrás estar, dijo Fukuoka. Ahora no salgas de la cueva.

¿Me vais a explicar qué pasa con esto del Halo?, pregunté. Lo decía mirando a Ju porque ella era mi amiga y no entendía cómo estaba compinchada y enterada del asunto sin yo saber nada de él.

O sea, que qué es el Halo, repetí.

Eso es difícil de decir, contestó Fukuoka, pero sí te puedo decir lo que pasa si uno se queda esta noche en la ciudad, a expensas de la onda del Halo que a estas horas debe de estar atravesando el Ensanche.

Qué pasa.

Mañana te levantarás y no ocurrirá absolutamente nada. Todo será normal para ti, y para quienes están a tu alrededor. Porque todos estarán orientados en un mismo sentido, y si la diferencia se hace uniforme, deja de ser diferencia. ¿Cómo estarán orientados?, pregunté. Lejos de la transferencia, contestó. ¿Qué es la transferencia?, pregunté. Lee cualquier manual psicoanalítico o pregúntale a Braier, contestó. La transferencia es amor, dijo Malcom que dijo Freud. En esa conversación entendí de alguna forma que las páginas web que llevaban mis amigos –¿esa es la palabra, amigos?– luchaban de alguna manera contra lo que ellos llamaban las brechas del Halo. Y que había otros espacios donde se contenían esas brechas en la red. Que todo surgía de la red y que por la pantalla y el sonido y el wifi se transmitía. Que todo estaba por debajo. Que la mayor conquista es la que se produce sin que el conquistado sea consciente de ello. Por cómo hablaban, creía en sus palabras, a pesar de no ver en el aire, ni en la noche, ni en ninguna parte el efecto de lo que me decían. Entendí muy poco en esa cueva. Tiritaba de frío introducido en un saco térmico de verano. Pero la situación era grave o eso me dijeron. Al parecer, hacía un año que habían empezado a aparecer las brechas.

Por la mañana bajamos a la ciudad y no me pareció que nada hubiera ocurrido. En la furgoneta observé a mis compañeros con atención sin encontrar en ellos ninguna fisura: la expresión de la cara grave, silencio pesado. Pero fuera el tráfico rodado era el mismo de siempre. El nudo vial de la Trinitat Nova no había cambiado. Las entradas a las ciudades volvieron a evocar en mí ganas de construirlas en el simulador de ciudades. Entramos en Barcelona por la Ronda Litoral. Vimos el mar. Todo parecía normal. Los corredores matutinos del paseo marítimo, perros callejeros, grupos familiares con parasol que se desplazaban levitantes y hoteleros por la arena en el amanecer; las primeras unidades móviles de masajes plus gratis y mojitos *on the beach* ya trazaban trayectorias anunciando sus productos.

¿Entonces?, dije, ¿qué es lo que ha cambiado? Fukuoka y Malcom se miraron en la parte delantera de la furgoneta y no dieron respuesta. Tal vez se rieron por lo bajini. Miré a Ju. Ella me dijo:

Me acerco contigo al velatorio, ¿vale?

Vale.

El tanatorio por fuera estaba hecho de mármol. Un cartel de obra evocaba una reciente reforma que había transformado esa sede cadavérica en un emblemático edificio con jardines colgantes y livianos voladizos. La pantalla de la entrada anunciaba la ubicación de los respectivos ataúdes. Mi abuela, en tercera posición de la parrilla de un Excel estilizado, segunda planta, bloque D. Lo cierto es que yo no notaba nada extraño en el ambiente. Habíamos ido en metro esa misma mañana con total normalidad tras la noche a la intemperie en la cueva, y empezaba a pensar que mis compañeros de piso me habían gastado alguna clase de broma de novato sin sentido, y que habíamos pasado la noche en una cueva de Montserrat por pura tontería.

Entré en la sala de vela acompañado de Ju. Madre yacía arrodillada junto al ataúd. Hijo, dijo levantándose y mirándome con ojos acuosos, Oh, Dios, qué corbata más gustosa. Cogió el cuello de mi corbata y apretó de tal manera que, por un momento, sentí que estaba intentando ahogarme. Sujeté las manos de madre y traté de retirarlas de la corbata. Madre, dije, madre, que me asfixias, madre. Lola, dijo Ju entonces interponiéndose entre los dos, ¿te acuerdas de mí? Al escuchar la voz de Ju, madre me soltó y se volvió hacia ella. Oh, Ju, sí, Ju, sí. Vecinos en el pueblo. Conocí a tu madre. Oh, Ju, sí, Ju, repetía madre. Ju cogió entonces a madre por el brazo y empezó a caminar con ella en torno al ataúd mientras le hablaba al oído. Dieron una vuelta en torno al ataúd. Madre tenía los ojos cerrados y escuchaba la voz cadenciosa de Ju, hablándole al oído. Ju me miraba como queriendo decirme ¿Te das cuenta de que algo pasa? Parecía haber hipnotizado a madre. Sí, claro que me daba cuenta: mi abuela había muerto. Mi madre estaba trastornada. Aproveché para asomarme al cristal tras el que yacía mi abuela. Durante casi toda mi vida había sentido una fobia que me impedía observar a los muertos, y las personas y los animales que habían muerto a mi alrededor se habían ido sin que pudiera verlos difuntos. Pero ahora podía hacerlo. Ahora podía contemplar la inmovilidad dulce de mi abuela y conciliar esa imagen congelada con los recuerdos de su movimiento.

Nos sentamos en la sala de vela. Llegaron familiares. En el saludarles y hablar con ellos tampoco percibí nada más raro de lo normal. Cuando apareció el célebre escritor de la familia, sobrino de mi abuela, me dio un apretón de manos y dijo: Menuda tiniebla escarpada esta; quise a tu abuela. El apretón de manos duró tanto como la mirada que nos sostuvimos mientras me decía eso. Saludos, Ricardo, acerté a decirle. Él no parecía escucharme. Cuando apareció mi primo Lucchino, próximo a mi abuela en sus últimos años de vida, me abrazó con tambóricas palmadas en la espalda. Me parecieron alguna clase de ritmo tribal. Se prolongaron mientras él no decía nada apoyado en mi hombro, como dormido. Palmadas cadenciosas que de pronto, por un extraño apretamiento del abrazo, interpreté como el gesto último de un apuñalamiento. Como puñaladas. Fue Ju otra vez quien, tomando a Lucchino, a quien también conocía de la infancia, y llevándoselo consigo y evocando ciertos recuerdos del pueblo, me liberó de él. Sin embargo, al mismo tiempo, de alguna forma todo eso era normal en mi familia, esas rarezas, esos pequeños desvíos aberrantes de la conducta, un rasgo propio de la rama malograda de los Matas. Lucchino tenía esquizofrenia.

Pero ¿qué es lo que tengo que ver o notar?, acabé por preguntarle a Ju. Ella no entendía que yo no entendiera: Pero ¿no lo ves? ¿No ves el efecto del Halo en la gente?, a lo que yo contestaba: ¿Qué efecto y en qué gente? Me sugirió entonces que me fijara en los camareros del cátering. Me fijé y, sí, entraban tras pausas sincronizadas y realizaban un recorrido preciso por la sala de vela, como si hubiesen sido programados por un ente único para caminar por una cinta transportadora invisible. En los diferentes ciclos, observé, los camareros realizaban los mismos gestos y decían las mismas palabras. Cuando pasaban frente a mí giraban la cabeza con una amplia sonrisa, y mirándome a la frente, no exactamente a los ojos, me decían: ¿Un canapé? Y, sin embargo, tampoco me parecía especial o rara esa actitud automatizada. Ya la había visto otras veces en las últimas décadas. Menos aún en un tanatorio que había digitalizado sus procesos de transformación de los cadáveres en ceniza. Es que no veo el qué, le dije a Ju. Ella parecía desesperarse conmigo. No veo qué es lo que hay de distinto. Cuando dije esto ella apenas pudo añadir algo, y fue la palabra *Vampirismo*, porque yo ya había dejado de prestarle atención.

Todo eso del Halo me parecía en ese momento tontería, un juego conspiranoico de posicionador delirante. Estábamos rodeados de enlutados familiares que trataban de abrirse paso hasta el catafalco. Mi mirada atravesó entonces el espacio sepulcral conducida por un súbito presentimiento. La misma fuerza anómala me levantó como a un resorte de mi apoltronamiento aprovechando que un camarero me ofrecía otro canapé. Al fondo de la sala de vela y más allá de la alfombra funesta y de las puertas de cristal batientes, mi cuerpo había notado la presencia de Ur.

¿Cuánto hacía que no la veía? Vino directa hacia mí. La esperé torpemente, como un tronco, como una pieza de museo. Al verla, Ju se acercó también. Y, de hecho, se me adelantó. Primero se saludaron ellas. Apenas se tocaron las mejillas al saludarse, fue más bien un beso con las orejas. Ju y Ur mantenían, por decirlo así, una distancia proverbial. Luego Ur se giró hacia mí y me miró con sus ojos azules y yo no comprendí bien el sentido de esa mirada, supongo, para luego abrazarme de una forma que tampoco pude corresponder de inmediato. Por el tiempo de la separación y el silencio. Me quedé con los brazos tendidos y poco a poco los cerré en torno a ella. Pero ella me estrujaba, y lo hacía con intensidad, y apoyaba su cabeza contra mi cabeza y apretaba, apretaba con su sien y con las mejillas. Miré a Ju, que movía los labios sin hacer ruido, pretendiendo que yo leyera en ellos el mensaje *Recuerda el Halo. Recuerda.* Ur me dijo al oído: ¿Me has echado de menos? Su voz, o bien su hálito, el timbre sonoro de esas palabras. Sí, contesté sin pensar. Sí, te he echado de menos. Ju a espaldas de Ur negaba con la cabeza y seguía moviendo los labios *No te dejes engañar.*

Pero me dejé engañar. Durante la ceremonia hubo lánguidos parlamentos. Ju a mi izquierda. Ur a mi derecha. Ur me había cogido la mano y daba rodeos con el pulgar sobre mi palma, presionando, acariciando, círculos concéntricos, un suave acariciar que no podía ser posible en ella en ese momento. Porque antes de la separación no existía ya, y nada había ocurrido entre nosotros en el vacío para que se fundamentara un deseo. O tal vez la distancia había creado ese deseo. El vacío había creado ese deseo. Porque me encontré correspondiendo yo también a ese acariciamiento. Mi pulgar también empezó a trazar símbolos expresivos sobre su mano mientras el cura hablaba del camino único que lleva hacia el templo de la montaña.

No lloré durante la ceremonia. Ni siquiera más tarde cuando los familiares fueron desfilando y dando el pésame con lacrimógenas locuciones. Ur estaba a mi lado como si todavía fuéramos pareja. Llevaba su magnífica chaqueta beige y el pelo suelto se le había ondulado como siempre ocurría en invierno. Solo por el movimiento del pulgar y por haber sentido en ella, tras meses de distancia y épocas de acritud, el deseo en el fondo de sus ojos, yo estaba en estado de entusiasmo, o maníaco, precisaría Braier, y tuve que ponerme las gafas de sol para que ese entusiasmo no pareciera un entusiasmo debido a la muerte de mi abuela, una plenitud funeral, un goce por el fin y la desaparición de los demás.

Cuando acabó el ritual y dejamos el féretro en el panteón familiar, Ur me sugirió que fuéramos a casa. «A casa», dijo todavía, no dijo «a mi casa». ¿No quieres ver a los gatos? Claro que quería ver a los gatos. Y también quería estar a solas con ella y eso era lo que ansiaba únicamente cuando bajábamos por la montaña de Montjuich en comitiva fúnebre. Ju se había puesto en segundo plano y nos seguía en silencio. En la plaza de España nos separamos. Madre sugirió de forma indirecta que la acompañara y yo torpemente escogí a Ur en ese día aciago. Ju me dijo: Hablamos luego. Y así me adentré con Ur en nuestro antiguo barrio. Caminábamos en silencio uno al lado del otro.

Ella se había cogido de mi brazo y apoyaba la cabeza en mi hombro. Tuve entonces la impresión de que la separación no había ocurrido. La impresión de que yo no me había marchado de esa casa cuando introdujo la llave y nos recibieron los dos gatos y volví a ver las frondosas plantas y a respirar el aroma a bosque del lugar. Enseguida nos tumbamos en el sofá y nos desnudamos. Yo recorría su piel extasiado. Evocaba con los dedos las veces que habíamos hecho el amor en el pasado. Ella también me palpaba el pecho, los abdominales, los muslos, el pene. Nos acariciábamos y besábamos sumergidos en una instancia separada. Un embrujo malayo. Supongo que el espíritu de mi abuela nos contemplaba esa mañana desde la lámpara del salón. Ella me dijo: No me penetres, solo mastúrbame. Y mientras lo hacía, me di cuenta de que no iba a poder tener una erección. Veía su espléndido cuerpo tumbado ante mí y su mirada fija en mí mientras tocaba en círculos concéntricos su clítoris. Pero solo pudimos tocarnos por fuera. Había una fuerza refractaria en nuestro deseo, un espejo, algo que solo nos hacía superficie. Así nos quedamos dormidos hasta la tarde con los gatos subidos a nuestra espalda, de pronto reunidos de nuevo *en equipito,* como solíamos decir cuando estábamos juntos. Al despertar habían pasado horas. Hablamos en susurros y lo que nos decíamos fueron sorprendentes promesas de restablecimiento. Ella dijo que todavía me amaba y que debíamos volver a intentarlo. Dijo que había reflexionado en ese tiempo. Articuló en la práctica todo aquello que yo había soñado en mis sueños de reparación y retorno. Exactamente eso. No daba crédito a lo que escuchaba porque lo que escuchaba era mi fantasía cristalizada ante mí sin que yo lo esperara ya. Fui al baño. De forma bruscamente desencadenada, volví a sentir la casa como mía. Mientras me duchaba en mi ducha de siempre se me hizo raro el pensamiento de haber alquilado otra habitación en otra casa, el pensamiento de las páginas web y de la propia Monstruopedia, de la sala de ordenadores, de las enormes ciudades que había edificado en el simulador a solas por las noches. Uno de los gatos me escrutaba desde el borde y el agua corría caliente por mi cuerpo. Todo parecía retomado. Recuperado. Reconstruido bajo el signo de una magia. Nadie se había marchado a ninguna parte.

Llegué a mi piso por la noche. Había atravesado la ciudad tambaleándome y envuelto en ensoñaciones de proyectos futuros con Ur. Su voz resonaba en mi cabeza como un canto. La casa estaba a oscuras. Atravesé el pasillo hasta mi habitación. La sala de ordenadores en *standby*. Todo parecía en calma cuando, al entrar en mi cuarto, unas manos me sujetaron la cabeza y alguien me tiró al suelo, y tras bloquearme me introdujo un esparadrapo en la boca que contenía alguna sustancia que me dejó dormido.

Al despertar, seguía siendo de noche. Estaba encamado. Frente a mí, en la penumbra, Fukuoka me miraba.

Imagino que no habéis follado, dijo.

¿Qué?

Follado es un decir: bajo el efecto del Halo solo se practica el onanismo. Pero por lo menos te lo has pasado bien, ¿no?

No contesté. No entendía.

No te extrañe si esta semana no puedes hacer nada más que pensar en ella.

¿Qué me hicisteis?, forcejeé en vano porque me habían atado.

Lo que teníamos que hacer.

Qué.

En ese momento entró Ju con unas toallas. Querían que me rociara con una crema fermentada que Fukuoka tenía en un bote de plástico transparente.

Te hemos limpiado como hemos podido.

Limpiado de qué.

Ahora te vamos a sedar y mañana a trabajar como si nada. Ya verás.

¿Cómo que sedar?

Traté de incorporarme pero tanto los pies como las muñecas estaban atadas. Quieto, quieto, dijo Ju poniéndome la mano en la frente y un esparadrapo de nuevo en la boca, y perdí el conocimiento.

Me despertó la alarma. Era lunes. Me palpé el cuerpo. Ya no estaba atado. En la cocina Ju desayunaba. Le pedí explicaciones. Quise saber de qué iba todo aquello, por qué yo no sabía nada, por qué ella faltaba de esa manera a mi confianza con tales misterios y un secuestro. Estaba exaltado. Lo decía dando aspavientos por la cocina mientras aguardaba a que la cafetera estuviera lista. Ella me dijo que lo ocurrido no era ningún juego y que más tarde, ya lo habían hablado, me introducirían en La Cúpula. Cuando pregunté qué era La Cúpula, Ju dijo: La organización para la que trabajamos. Cuando pregunté qué clase de trabajos hacían, ella dijo: Posicionamiento y propagación de antídoto, uno de los muchos que se desempeñan para combatir contra el Halo. Ya estábamos otra vez. ¿Y por qué? ¿Para qué trabajas para esa Cúpula?, pregunté. Su respuesta fue seca: Porque me protegen de mí y de mi familia infectada, personas con las que ya no puedo hablar más que de tonterías en bucle.

O sea, esto del Halo es como la homeopatía, ¿no?, pregunté, es como el reiki.

Bueno, no..., dijo ella.

Porque ayer, pasar, no pasó nada, dije, yo no noté nada. Ju bebió un sorbo de su café y tras una pausa dijo: Estuviste con Ur. La miré. Eso fue excepcional, sí, dije, pero entiendo que también fue natural. ¿Natural?, dijo. Todo su poder concentrado en la mirada franca, interrogante. O sea que tenía que ocurrir, añadí. Que iba a ocurrir... lo de estar juntos. Ju volvió a dar otro sorbo y entonces preguntó: ¿Has hablado hoy con ella? Le envié un mensaje a Ur preguntándole qué iba a hacer por la tarde. Al despedirnos, habíamos quedado en reencontrarnos al día siguiente, de inmediato. Sin mayor dilación. El mensaje evocaba nuestro reencuentro y manifestaba mi deseo de volver a estar con ella. La sintaxis fue imprecisa. En casa, me enfrasqué en una tarea de canibalización para un cliente que se dedicaba a la venta de coches. Las tareas de canibalización consistían en desenredar webs donde los contenidos estaban duplicados y se solapaban; consistían en crear una limpieza de la estructura, una claridad del follaje en el árbol para que los robots pudieran entender y entonces clasificar y posicionar mejor una página. Era el procedimiento de hacer la luz, iluminar el camino a los robots del motor de búsqueda. Durante el desbrozamiento semántico iba mirando el móvil para ver si Ur decía algo. Compulsivamente desbrozaba un conjunto de URL y miraba el móvil.

Ur no decía nada. Comí unas lúgubres salchichas con puré de patatas compradas en la calle, y en el rato de pausa estuve abstraído con el WhatsApp abierto a la espera de alguna respuesta, meditando en la posibilidad de escribirle un segundo mensaje. Y eso mismo hice, le escribí un segundo mensaje a Ur en el que decía que pensaba en ella.

Naturalmente, a esas alturas, en ese momento, todavía no quería aceptarlo. Al enviar el segundo mensaje, y a pesar de no obtener respuesta, volví a sentirme confiado y pude trabajar el resto de la tarde en más canibalizaciones, desenredando sets de URL y esculpiendo estructuras de contenido; desbrozándolas; enlazándolas luego entre sí con tenues vínculos textuales. Y después de ese trabajo pasé el rato redactando tutoriales de mi página web Escribien.com para posicionar la palabra clave «Cuántas palabras tiene una novela», para que emergiera entre la bruma de los resultados de búsqueda, sin que Ur diera noticias de sí misma, ya en el crepúsculo. *Se considera novela si tiene más de cuarenta mil palabras. Aunque los límites son movedizos y están discutidos. Hay discrepancias teóricas.* El reencuentro me mostraba el borde interno de su límite: ella iba a decir algo, iba a escribirme de un momento a otro. Nos íbamos a reencontrar extasiados de nuevo esa misma noche. Me retiré a mi habitación y me puse el simulador de ciudades. Acabé por pedir comida a domicilio porque era tarde y porque no quería cocinar ya nada, y me tapé con una manta. Y seguí con la construcción de la ciudad monumental de Ur. Una urbe de

cincuenta mil habitantes cuyo parque central había sido bautizado como Ur's Memorial Park.

El mayor logro urbanístico –reciente– había sido la creación de un sistema de circunvalaciones semisoterradas que había mejorado el tráfico hasta un 60% de *traffic flow*. Eso estuve haciendo en la última semana en las horas muertas. Autopistas. Ur era ciudad de paso entre dos conglomerados industriales. El tronco central de la autopista transversal siempre iba cargado de vehículos de gran tonelaje, y eso dificultaba en gran medida los desplazamientos de los ciudadanos. Vehículos peligrosos y tóxicos que solían provocar accidentes y llenaban el complejo hospitalario que ya había ampliado tres veces para evitar una espiral de muerte. A las obras de infraestructura se les sumaba un proyecto todavía por ejecutar: el cinturón verde perimetral que permitiría a los ciudadanos atravesar la ciudad de norte a sur y a pie en un intrincado parque lineal. La autopista seguiría a la vista por falta de fondos, pero por lo menos se podría atravesar de un lado a otro de la ciudad.

En ese proyecto me concentré entonces. Lo único que había que hacer era colocar árboles diversos y un sendero para peatones. Coloqué árboles diversos, uno por uno.

No llegué a poner el sendero para peatones porque entonces sonó el teléfono: Ur. Descolgué abruptamente. Ella estaba al otro lado. Me preguntaba qué tal el día. Parecía cansada. Le conté mi día, ella me contó el suyo. Se hizo un silencio. No había ningún entusiasmo. Recordé nuestro encuentro del día anterior esperando que ella de un momento a otro me dijera: Voy ahora mismo a verte. Ella no dijo: Voy ahora mismo a verte. Como es lógico y como ya había sido advertido. La conversación se enrareció. Yo presioné de forma indirecta. Ella se mostró evasiva. Al final, dijo: A ver, Víctor, no estamos juntos. Funesta frase. O sea que no nos escribamos cada día..., ni nos veamos cada día..., ni... La interrumpí: Pero si ayer decías. Ayer fue ayer, dijo, y fue maravilloso. Pero cada uno sigue su camino. A veces ella hablaba con frases hechas. Ya estaba odiándola. Pero no lo entiendo, Ur, si ayer tú decías... Víctor, me interrumpió, no sigamos por ahí. En la pantalla del ordenador parpadeaba el árbol decorativo con un coste de construcción de 10. La despedida fue dramática. Ella parecía no recordar en absoluto lo ocurrido, ni lo que había dicho, ni la voluntad que había expresado. Ya no estaba el bulbo vibrante del deseo que había sentido el día anterior: cuando le pregunté ya sin sentido si no volveríamos a dormir juntos, contestó *Podemos dormir cuando quieras.* Funesta frase otra vez. Sujeto borrado. Igual todo hubiese sido diferente de haber puesto el sendero para peatones. En la ciudad ahora las circunvalaciones bullían: no se podía ser más fluido y, aun así, el tráfico siempre quedaba entorpecido.

Cuando colgamos ya sin mucho más que decir, y abocado de nuevo al lento y fangoso recorrido del duelo, el tráfico era intenso en la radial a la altura de las centrales térmicas. Me fijé en una pequeña furgoneta que en ese momento pasaba por el viaducto.

Era una furgoneta de mudanzas. Siguió su camino por el viaducto y se unió al tronco central para salir de la autopista en la zona playera. Allí se detuvo junto a un chalet adosado. Un menudo hombre de mudanzas con gorra y piel aceitunada salió de ella y cargó unas cajas. Un tipo con barba que llevaba una mochila acababa de salir de la casa y se dirigía hacia la furgoneta. Él era quien se mudaba. Fukuoka vino por la mañana y se reunieron conmigo en la sala de ordenadores. Entrar en conocimiento de La Cúpula implicaba entregar todas las posesiones virtuales a La Cúpula. Así como cumplir con misiones específicas, en este caso de la unidad de posicionamiento y antídoto. Mis páginas web eran insignificantes en materia de tráfico e influencia, pero se me quería por mis conocimientos en semántica. Además, ya había vivido la experiencia del Halo desde fuera y en la forma del canto de una sirena. Lo que iba a conocer era real y era una guerra. Una guerra en torno a la mente y en torno al control de la consciencia. Eso dijo Fukuoka, quien entendí que tenía un grado superior en ese grupo.

Piloto de Corbeta Federal, me explicó Ju más tarde.

¿Piloto?, dije.

Es uno de nuestros pilotos estrella en el Universo *Elite: Dangerous,* dijo.

¿En el videojuego?, pregunté.

En el videojuego, dijo.

63

ENTREVISTA A MALCOM - CAMSTASH
(Parte 1)

Malcom me dijo que había aprendido a hacer webs en un foro, junto a personas mayores que él, a principios del milenio, cuando apenas tenía dieciocho años. Algunos le contaron secretos arcanos del posicionamiento y él empezó a crear pequeñas web de nichos. Una web de máquinas para segar el césped, una web de tornillos, una web de noticias de lo paranormal. Creaba cada web por interés, curiosidad, y para ganar dinero. La de máquinas de segar el césped y la de tornillos le daban comisiones por unidad vendida. El portal de noticias paranormal cobraba por publicidad. Según me dijo, fue un tal Sergei quien le sugirió que se introdujera en el mundo del porno. El tal Sergei le dijo que en la red española todavía no había competencia ni buen posicionamiento. Le dijo que si creaba una web pornográfica en la que subiera vídeos, él mismo le diría un truco para posicionarla por encima de las demás. Un secreto alquímico. A cambio de qué, dijo Malcom. A cambio de un porcentaje de los beneficios, dijo Sergei.

En esa época Malcom vivía con una chica. Se lo pudo haber consultado, pero no lo hizo. Aceptó el trato de Sergei y en un par de noches construyó con una plantilla imitativa de Pornhub su propia web pornográfica. La subieron a un servidor rápido. La clave era que los vídeos no estaban alojados en la web. Lo único que tenía que hacer era coger vídeos de otras webs e incrustarlos en la suya. En una hora podía subir cien, doscientos vídeos. Dijo que los primeros días aquello le pareció una pasada porque, tío, yo me subía un par de vídeos, me hacía una pajilla, luego subía diez más, otra pajilla, y así pasaba el día hasta que llegaba mi novia. El secreto de Sergei residía en el texto, la literatura. Para cada vídeo subido había que escribir una descripción de cien palabras. Por lo que, las primeras semanas, Malcom pasó las mañanas subiendo vídeos, masturbándose y escribiendo sórdidas descripciones del estilo *Mirad cómo estos dos conejitos flotan en las sábanas que acabarán en squirt. Mirad cuál es la suavidad que se requiere a la hora de tocar un pezón. Gozad de las pequeñas glorias de la masturbación con nuestros vídeos porno/Camstash.*

En las primeras semanas, gloriosas, el tráfico creció rápido. Sergei también le enseñó técnicas de construcción de enlaces y pronto ya se encontraban en primera página por palabras clave tan importantes como *Porno en español,* o *jovencitas desnudas.* Eran días deliciosos, dijo Malcom. Donde de verdad sentía fluir el dinero, y no ese cuentagotas que eran las páginas de tornillos y máquinas de segar. Todos los vídeos estaban rodeados de publicidad, tenían *popunders,* saltaban toda clase de banners, la web era una cosechadora de los clics nerviosos de los onanistas. Un día, Sergei lo invitó a un hotel de Sitges para asistir a una convención de propietarios de páginas web porno. Entraron en la fastuosa sala del hotel de cinco estrellas que habían alquilado junto al mar con la ostentación de ocupar la posición 3 por «porno en español». Cuando Malcom y Sergei entraron en el salón se hizo un leve e incómodo silencio. Luego la orquesta arrancó a tocar y unos camareros se pasearon ofreciendo copas de champán y puros. En el centro del salón, habían colocado un cañón de defensa marítima del siglo XVI, que por algún ingenio mecánico lanzaba billetes de dinero al aire, para quien quisiera cogerlos, por la gloria exuberante de la industria de las páginas web pornográficas españolas. A esa fiesta también asistieron los gigantes internacionales que luego se convertirían en uno de los focos de propagación del Halo. Ahí estaban los jóvenes representantes de imperios como Pornhub, Myfreecams o Chaturbate. El primero con vídeos compartidos por usuarios, las otras dos como páginas de *webcams* en vivo, clubes de baile online.

El modo de competición de esas páginas en internet era la guerra entendida en un sentido parcial. Publicidad pagada, páginas satélite, PBN, redirecciones, afiliados, trampas, crecimiento orgánico, estructuras de enlaces artificiales, todo es válido para los *webmasters* del porno, incluso el SEO negativo o el hackeo: todo era válido para las grandes corporaciones, dijo Malcom. Su página, en cambio, era una simple carroñera. Como ya había visto, tenía unos robots de grabación que se dedicaban a registrar todos los shows online de Myfreecams y Chaturbate y de ofrecerlos ilegalmente para su descarga. Una web pirata.

En 2015, recibieron a través de Sergei una llamada de un tal Constantin. Luego, una llamada de un tal Fukuoka. En esas llamadas nos explicaron con datos que luego nos enviaron por correo cómo habían detectado la existencia de una anomalía en los vídeos de Myfreecams y Chaturbate que los robots de Malcom estaban grabando. Dijeron que habían encontrado precursores de una cosa llamada Halo que modificaba el comportamiento de la gente en espacios geográficos determinados, como un campo de fuerza, a su vez como una inteligencia. Los informes avisaban de la existencia de campos extendidos en Rusia, donde los ciudadanos, sin darse cuenta, experimentaban extrañas conductas. Entre ellas, la masturbación obsesiva: donde existía esa cosa llamada Halo ningún acto de amor era con penetración. Donde existía esa cosa llamada Halo, dijeron, no había tampoco amor sino mecánica, posesión, ciertos patrones del orden de la extrema materialidad y desconexión empática, una superficialidad de la cosa y la existencia, y además bugs, fallos de conducta que podían resultar siniestros para alguien que no estuviera infectado por el campo. Dijeron: la fuerza de la pornografía reside, entre otras cosas, en la capacidad de agotar los objetos parciales que ponen en marcha el movimiento metonímico del deseo en *estado natural*. Ese era el concepto. Explicaron que habían descubierto que el visionado de cuerpos desnudos en pantalla decapitados –por el plano– creaba esa cosa llamada Halo y una dependencia hacia esa cosa llamada Halo. El 80% de los cuerpos que allí se veían eran objetos parciales. *El cumplimiento de la fantasía del sádico,* que diría Braier. Dijeron que, en páginas como Chaturbate o Myfreecams, cuando un usuario pagaba se generaban sonidos pregrabados con armonías disonantes que también eran precursoras de esa cosa llamada Halo. Mostraron un medidor que habían logrado construir para cuantificar ese tipo de campo, y mostraron en un mapa cómo esa cosa llamada Halo ya se había extendido por media Europa y se encontraba en las fronteras de España. Existían focos en América y Asia, pero el núcleo central era Rusia. Dijeron que estos primeros campos eran tan débiles todavía que eran imperceptibles en la conducta, excepto en ciertas regiones de Rusia donde se habían detectado bucles recurrentes de comportamiento en personas, episodios de extrema violencia teñidos de una oscura sexualidad, y donde los psiquiátricos no daban abasto ya.

Lo que pidieron ese tal Constantin y ese tal Fukuoka fue que se introdujeran, en las grabaciones de los vídeos piratas de Camstash, los vídeos robados de los directos pornográficos de Myfreecams y Chaturbate, patrones de corrección subliminales. Imágenes de arquetipos antiguos: ángeles, formas sefiróticas, potencias arcanas del tarot. Dijeron que en el agotamiento del deseo era donde anidaba el Halo. Dijeron que era el reverso oculto del imperativo del goce absoluto de nuestra era. Dijeron que el Halo adquiría poder cuando disminuía el deseo al ser saciado. La clave de quien está infectado por el Halo en un período de brecha o de forma permanente es que no elige, pero cree que lo hace, dijeron. Así fue, explicó Malcom, cómo empezaron a insertar los patrones subliminales en los vídeos de Camstash, y cómo los usuarios que consumían esos vídeos pornográficos con esos patrones arquetípicos de ángeles y arcángeles de Miguel Ángel corregían sus niveles entrópicos de densidad del Halo en su interior. No del todo, pero sí en alguna medida. Fukuoka les explicó que Constantin, millonario, había fundado una institución llamada La Cúpula, con diferentes divisiones para combatir la propagación del Halo. Dijo que su intención, si aceptaban, era introducir a Camstash en la división de posicionamiento y antídoto. Explicó que disponían de laboratorios de estudio y comprensión del Halo, y que disponían de un antídoto mercurial extraído, cosa curiosa, de una antigua receta alquímica. Con dicho antídoto de alcance limitado un humano podía vivir dentro de un campo del Halo sin verse infectado por él durante unas horas. Como la producción era muy escasa, solo se suministraba antídoto mercurial a los miembros activos de la resistencia, dijo Fukuoka, y a continuación esperó que Malcom y Sergei aceptaran o declinaran unirse a La Cúpula.

Aceptaron.

SANT JORDI

Realmente, ¿qué estás haciendo?
Escribo unos poemas, ¿no lo ves?
¿Unos poemas?
Sí, unos poemas.
A ver a ver, ¿puedo ver esos poemas?
¿Qué haces? Quita.
Ahhh.
Que te he dicho que te quites.
Poemas de amor..., ¿eh?
¡Déjalos ahí! ¡No!
Uhuhuh, poemas de amorrr.
¡Que no! ¡Devuélveme eso!
Sí, es cierto, Malcom me descubrió escribiéndole unos
poemas a Ur. A pesar del desengaño. Eran unos poemas
en verso libre, malos, tal vez, en los que evocaba escenas
de nuestra larga relación con el objeto de entregárselos el
día de Sant Jordi, con motivo también de su cumpleaños.
Tenía ya un montoncito importante de hojas líricas en mi
escritorio, redactadas a lo largo de esos meses de separación. Yo, claro, ya solo sostenido por una fantasía de ella,
de Ur, forjada a base de mis propios textos, mis propios

recuerdos menguantes y desdibujados. Y de nuestro último y fatídico encuentro bajo la influencia del Halo, por el que, por un momento, ella había sido distinta. Para escribir esos poemas cerraba los ojos y buscaba en la memoria alguna escena en la que hubiésemos sido felices. Y luego componía el poema con lo que quedaba. Durante esos meses había encontrado momentos para detenerme ante el escritorio y evocar, reconstruir, forjar algo sostenible a partir de un recuerdo que ya no se sostenía. Transformar la caótica forma emotiva en palabra. Y, ciertamente, yo no era un buen poeta. Malcom leyó en voz alta el papel que me había sustraído y sonó patético y triste en la habitación.

Tienes que dejarlo ya, tío.

No puedo.

Sí puedes. ¿Qué conseguirás con esto?

Quizá ella...

Ella no volverá.

La última vez que hablamos dijo que me amaba.

Ella no volverá.

Pero que no quería estar conmigo.

¡Basta ya! ¡No volverá por unos poemas, ni por mucho que tú hagas!

El deseo de Ur: desconocido enjambre. En mis pálidos e infrecuentes sueños yo agitaba las manos en la oscuridad sin llegar a palpar ningún objeto. Le arrebaté la hoja con el poema a Malcom y le di la espalda. Contesté que ya había decidido enviarle los poemas a Ur. Que eso ya estaba decidido. Se los dejaría en el buzón y ya, sin esperar nada. Mientras decía eso –sin esperar nada– vibraba mi estómago. Anuncié que pretendía entregarlos esa misma tarde.

¿Esta tarde? Pero si todavía no es Sant Jordi, dijo Malcom.

71

No puedo aguantarme. Además son también para su cumpleaños.

Y va a llover.

Mañana es Sant Jordi, ahora es de noche, es como si...

Que te digo que va a llover.

¿Y qué?

Salí decidido, cogí el metro y me conduje hasta su barrio con un fajo de papeles ensobrados, en cuya cubierta había dibujado una torpe portada con el nombre de Ur y el título de la obra: *Blizzard of two*. Llegué hasta su puerta, que daba a la calle, y traté de atisbar por la ventana. Ella no estaba. Creo. De pronto la imaginé ahí dentro, dormida, y no solo eso: dormida junto a otra persona. Como nuestra casa daba directamente a la calle, me apresuré a introducir el sobre en el buzón. Aunque no me retiré de inmediato. Di dos pasos de nuevo hacia la acera y volví a acercarme a la puerta. Apoyé la cabeza en ella. Al otro lado había dos gatos a los que amaba, dos gatos que eran míos también. Imaginé la voz de Ur, imaginé oír una especie de risa ahogada. Imaginé los espacios que había tras esa puerta, y salí pitando. Pero no me dirigí al metro. De pronto, pensé: Si ella no está en casa, está a punto de llegar, o tal vez está por aquí. Encendí un cigarrillo y di vueltas sin sentido por el barrio hasta acabar de nuevo junto al buzón. Allí seguía mi sobre. Ella no había llegado. O no había salido.

De regreso a mi piso, empezó a diluviar. Era posible que esos poemas se desdibujaran por la lluvia y que a ella tan solo le llegara un manojo de hojas destintadas. De ser así, ¿habría realmente alguna diferencia? ¿Cambiaría algo? Por la mañana me despertó el bullicio de la calle: vendedoras de rosas y de libros: la parafernalia de Sant Jordi ya se había activado. Me aguardaba en casa una migración de dominio multidioma de gran escala y complejidad con la que supuestamente recuperaríamos el control en los nichos de clasificados de Dinamarca. Mis primeros encargos a las órdenes de La Cúpula. Un Excel infinito, datos, que pasé horas ordenando con Ju mientras imaginaba las diversas formas en que Ur abriría el buzón, las diversas caras de sorpresa, o no, que pondría; los espacios en los que se sentaría de inmediato, o no, a leerlos. En la migración movimos una página de un dominio .com a un dominio .io. Una mudanza abstracta. En mi imaginación, acabé en el disparate de imaginar a Ur leyendo los poemas entre pompas de jabón en la bañera. Ella nunca tomaba baños. La casa ni siquiera tenía bañera. No podía saberlo, sencillamente no podía saber qué había pasado con esos poemas –*Sin esperar nada*–. Me cité con mi hermana para entregarle una rosa incestuosa, y para tomar un café con ella, a falta catastrófica, ese año, de Ur, y en el metro encontré a turbas de enamorados, diferentes clases de pareja, además, múltiples modalidades del deseo que naturalmente en mi sórdido aislamiento no sabía interpretar ya, ni podía aguantar, viendo en cada labio el labio de Ur, en cada mirada de amor que por despiste se posaba en mí los ojos azules, ingrávidos, el amor de Ur que se había manifestado durante unas horas apenas, de nuevo, hacía poco.

Mi hermana me habló entonces de los extraños comportamientos erráticos de padre. Al separarme de Ur temporalmente había decidido marchar a casa de madre, y no había ni siquiera barajado la posibilidad de padre. Padre era para mí totémico, hombre de difícil trato que vivía solo. Con él me comunicaba de forma más o menos humana tan solo a través de los videojuegos –a los que hacía años que no jugábamos juntos–. Había escrito mucho sobre él en el pasado, y mucho había tratado con él, y estaba en un período de ligero distanciamiento. Mi hermana me dijo que a veces, algunos días, se lanzaba a hablar en bucle de cosas indeterminadas y que literalmente parecía loco.

El Halo, dije en voz alta, y cuando ella me preguntó qué era eso del Halo tuve que decir: Nada, tonterías. Pero me parecía claro: la casa de padre era el lugar con más receptores wifi, *bluetooth* y toda clase de campos magnéticos. Una casa transida de ondas y él un consumidor supremo de contenidos digitales. Un dios de la pantalla.

Yo creo que tenemos que llevarlo a un médico, dijo mi hermana. Su realismo era simple y directo.

Se hace mayor y no está bien de la cabeza, dijo.

De pronto las ideas del Halo parecían disparatadas y sectarias. Yo mismo había notado ese hablar en bucle de padre en algunas llamadas telefónicas, mucho antes de que nadie me hablara de ningún Halo, y también había pensado: Se hace mayor. Hubiera Halo o no hubiera Halo, eso era un hecho.

ENTREVISTA A MALCOM - CAMSTASH
(Parte 2)

Así, contó Malcom, Sergei y él siguieron posicionando Camstash y aumentando su tráfico, pero bajo la protección y servicio de La Cúpula. Todos los vídeos se subían con patrones subliminales correctivos. Llevábamos seis meses de trabajo diario con eso, dijo Malcom. Fue entonces cuando, tío, me di cuenta de que algo me estaba pasando. O sea, ya no me pajeaba con lo típico de una tía y un tío follando entre subida y subida. Había veces que yo mismo me asustaba sintiendo placer por cosas... raras. No sé si estar tol rato subiendo vídeos agotó los amarres de mi libido. Malcom explicó cómo su deseo lentamente cambió. Su chica lo percibió cuando follaban, dijo, porque él empezó a jugar a atarla y a simular que le pegaba, pegándole de veras. Ella al principio accedió a los juegos para experimentar. Hasta que se volvieron una constante. Entonces empezó a rechazarlo. Camstash tenía en ese momento veinte mil visitas diarias que dejaban dinero en las cuentas compartidas de La Cúpula y que con el visionado de los vídeos reducían su posibilidad de infección. Ese era su trabajo, la manipulación de contenido pornográfico durante horas, y también el de Sergei, quien colapsó y

75

acabó en un psiquiátrico al octavo mes. Según dijeron los médicos de La Cúpula que lo examinaron, el trabajo de campo con la pornografía había desintegrado su sentido de la realidad.

Malcom me explicó que había empezado a sentir algo parecido. Por ejemplo, empezó a ver a las personas como cosas. Que su deseo descendió hasta frecuencias bajas e inexpresables. Podía estar ante magnéticas personalidades, pero él solo veía la carne, las curvas, si había tetas o no. Su deseo se fetichizó. No podía ver, dijo, el esplendor de un cuerpo entero, sino que solo podía fijarse en partes, fragmentos, el pezón, el coño, el torso y su ombligo. Que cuando estaba junto a alguien desnudo no le parecía que hubiera un alma al otro lado, y que eso le produjo cierta sensación de aislamiento y al mismo tiempo de omnipotencia. Pasaba cuatro horas por la mañana subiendo vídeos y redactando descripciones: *Dos hombres que por fin se reconocen. Después de tocarse y sentir que no hay rechazo, que la piel se pone de gallina en los muslos de ambos, bajan al paquete, y se buscan, se acercan culebreando hacia la polla.* Por la tarde, dedicaba dos horas a subir más vídeos y una a construir enlaces artificiales y a mantener la web. Por la noche había visto doscientas tetas, decenas de orgasmos, masturbaciones, cabalgaduras, symbians, dildos, las más oscuras variantes del placer y, según decía, podía comportarse de modo perfectamente normal con su chica, cuando ella volvía del trabajo y le preguntaba qué había estado haciendo y él le decía que había estado construyendo su página de tornillos y su página de segadoras de césped. Trabajaba para La Cúpula con un sueldo fijo y en secreto.

Rompieron al cabo de dos meses. Iban a tener hijos. O lo habían empezado a hablar. Y ella se fue. El puto porno masivo que consumí durante meses, dijo Malcom. Te hace un pichafloja y un mierda totémico. Dejas de ver a las personas. Dejas de entender el sentido de muchas cosas, entre ellas el sentido de amar. Con eso nadie puede darse a ti. Y luego es muy difícil volver atrás.

Todo eso lo decía con una pasmosa frialdad, al otro lado de una mesa de la sala de ordenadores. Ahora era un ser solitario con relaciones esporádicas e insustanciales que procuraba ocultar la terrible depravación que había alcanzado su cerebro. Con él, no podía alcanzar el nivel de confianza que tenía con Ju. Había siempre una distancia, una capa incomprensible que en ocasiones ponía de manifiesto y me asustaba. Un día, me envió un archivo adjunto desde el otro lado de la sala de ordenadores. Al ver la notificación levanté la cabeza de mi escritorio y lo miré: Malcom estaba concentrado en la pantalla. Abrí el mensaje y en él apareció la imagen de un niño que sostenía un cortador de uñas. Se lo había colocado en el diente incisivo. De apretar el cortador, el efecto de palanca rompería en dos el diente del niño. A continuación, recibí una segunda imagen en la que eso ya había ocurrido: se veía el diente cercenado y una pulpa roja que caía viscosa. Retiré la vista del monitor. Lo miré. Se reía a carcajadas, todavía concentrado en la pantalla.

I TOOK YOUR PICTURE

Ur recibió los poemas pero no dijo nada. Eso es lo que acabé por creer. Miré el móvil cincuenta veces por la noche y entré en todas las conversaciones que en vano teníamos abiertas en las diversas redes sociales. Pensé en escribirle preguntando si había acaso recibido un manojo de papeles desdibujados por la lluvia, pensé en ir a comprobar si el sobre seguía en el buzón, pensé en. Me torturaba. Al despertar me encontré encamado, la vista fija en la estantería, enfocada en un pequeño retrato vienés de Freud que me había regalado Mr. Braier el día en que nos introdujimos en el concepto del narcisismo. Braier dijo: *Estudiaremos a Freud, pero sobre todo su paradoja.* Y yo pensaba: Si pudiera conocer las mecánicas del alma, los flujos de carga y descarga y desvío y compensación de las personas. Pero lo cierto es que ni siquiera podía salir de la cama. Mi mirada oscilaba atrapada entre el retrato de Freud y, unos centímetros más arriba, en el siguiente estante, un retrato de Ur junto a mí, en la playa, enamorados años atrás, que mi hermana me había regalado en un marco de madera y que había vuelto a colgar en mi casa casi como un emblema definitivo de mi gusto por la tortura. En la imagen, nuestras cabezas se rozaban y, apoyadas, cada una miraba hacia el suelo. Mira a Freud y no desvíes la vista arriba a la derecha. No la mires a ella, me decía. No mires a Ur. Y, sin embargo, mirando a Freud, mis ojos no podían evitar moverse por los lomos de la sección de psicoanálisis, a través de palabras como Deseo, Compulsión, Resistencia, Culpa, Depresión, para rozar visualmente, un instante, en la balda superior, nuestra foto en la playa con el cuerpo, mi cuerpo, rígido y endurecido sobre la cama.

Malcom apareció cerca del mediodía y me preguntó qué hacía en la cama. Le dije que no podía salir de ella. Se acercó hasta mi encamamiento fúnebre y me destapó violentamente. ¡Arriba!, dijo, ¡Vamos! Yo permanecía como un palitroque momificado: Ur no ha dicho nada, le comuniqué.

¿Y qué pensabas? ¿Que aparecería en medio de la noche bajo la lluvia para buscarte?

Una vez lo hizo.

¿Hace cuántos años ya?

Ella dijo que ambos tenemos una raíz indisoluble.

La fantasía que te ha repetido una y otra vez mientras te dejaba, ¿no?

Yo siento esa raíz.

El Halo la confundió pero ella no quiere volver contigo, ¿te haces cargo?

Pero... Sin embargo ha dicho...

Que te hagas cargo.

Era una conversación de besugos. Mis respuestas me sonaban pastosas y arcaicas en la boca. Me agarró con su fuerza de pornógrafo onanista y me agitó como a un muñeco sin vida. Acabé por levantarme y por peinarme *grosso modo* para salir a la calle, donde no hice nada más que dar vueltas a la manzana y observar los brillos de los coches. En los días siguientes me dediqué a estar en casa y a trabajar en mis páginas web, además de en los proyectos concretos que me encargaba la así llamada Cúpula. Tenía que posicionar cosas. Ese era mi trabajo: una tarde podían darme el nombre de un dominio y al día siguiente ya estaba posicionándolo para que por lo menos algún resultado humano figurara en los resultados de búsqueda. Construí e indexé una web llamada Licuamola, de venta de licuadoras y con una notable enciclopedia de recetas, utilizando imágenes tratadas con arquetipos benéficos, o eso me decían. Diseñé y monté una web llamada Patentes y Marcas, almacén de toda la historia de las invenciones patentadas, con enlaces internos que cargaban *popunders* con vídeos de mandalas. Eso me llevaba horas extra que compartía con Malcom, Ju y Fukuoka. Este último era el más distante. Llevaba consigo un libro escrito por el fundador de La Cúpula, Constantin, del que a veces nos proyectaba algunas diapositivas. La cercanía con Ju siempre era incierta. El desorden de Malcom, impenetrable. Ella y yo pasábamos horas después del trabajo jugando al simulador de ciudades. Su ciudad era pequeña y sencilla; la mía un mastodonte bíblico ingobernable. Yo entendía que Constantin había fundado La Cúpula y a su vez escrito un libro sobre el Halo. Un libro más intuitivo que preciso, nos dijo Fukuoka, que describía el comportamiento del Halo pero sobre todo sus métodos de antídoto. El antídoto mercurial que habíamos empezado a tomar a diario tras la brecha se había creado mediante un mejunje raro de plantas y materiales pesados (piedra de shungita molida, por ejemplo, y alguna dosis mínima de mercurio, sí, digerible en su forma sólida). Su receta no se revelaba, pero quedaba claro en los escritos que protegía de esa cosa llamada Halo y evitaba que se entrara en los comportamientos que yo apenas había esbozado o empezado a ver. Quedaba claro que el Halo se propagaba por los campos y en las pantallas digitales. Que algo a través de esos vehículos etéreos transformaba la mente de quienes no tomaban el antídoto. Muchas veces dudaba de Fukuoka. No sabía si era el líder de una secta que se lo inventaba todo para sacarnos trabajo de indexación o si lo que decía era verdad, a tenor de los hechos que presenciaba, o que me decían que presenciaba.

OCUPAR LA POSICIÓN METAFÍSICA

Víctor, no hace falta decir que los resultados que estamos obteniendo no son suficientes. Es posible por ello que aumente próximamente el número de tareas de una a dos a la semana. Se está hablando de ello en La Cúpula. Lo digo de entrada para que luego no me digas que te vendo humo y a través del humo te clavo la estocada. Más trabajo no significa más sueldo, pues esto es la guerra. De modo que ni menciones el tema.

Tareas para esta semana: *Ocupar la posición metafísica.* Nos ha dicho el servicio de Investigación de palabras clave que podemos atacar todo el clúster semántico Metafísica en España y Latinoamérica. Proyección de dificultad según Ahrefs: 0.

Quiero que crees los dominios aprender-metafisica. com, que-es-metafisica.com, enciclopedia-metafisica.com y veinticinco más que adjunto en Lista1 [archivo adjunto]. Estructura interior con formación de nido. Palabras clave principales: Metafísica (9.700 búsquedas mensuales, dificultad 3), Metafisica definicion (sin tilde, 2.600, 0), que es la metafisica (sin tilde, 1.000, 0), metafisica aristoteles (500, 11), pintura metafisica (250, 0) y una lista de palabras de cola larga que te adjunto en el KW Research.

Subirás, además, los textos que te adjunto. Pura palabrería con posibilidades de engañar a los robots sobre metafísica que nos ha redactado el filósofo Ernst Castro para la ocasión.

Como evaluación continua, quiero que coloques tres enlaces *dofollow* por dominio a la semana y quince *nofollow*, también por dominio. Debes realizar la tarea en un mix de tres PBN que se te han asignado [accesos en el archivo adjunto].

En tres meses deberíamos haber ocupado la primera y la segunda página del buscador para la palabra *Metafísica* y su clúster asociado. No más tarde. En todas las posiciones. Tardar más de tres meses sería catastrófico para nuestros intereses.

Cuando consigamos posicionarnos y ocupar la posición metafísica, introduciremos en todos los dominios documentación técnica sobre el Halo en boca de un nuevo filósofo. Para superar el *fact check* hemos creado perfiles, obtenido títulos, conseguido links que nos permitirán introducir lo que sabemos sobre el Halo como si ya se supiera desde hace mucho y múltiples estudios lo sustentaran (que no los hay, en el mundo exterior).

NIGHTSWIMMING

Por fuera, el lugar parecía un badulaque pintado de negro: capricho iconoclasta. Parecía una tienda, siendo una discoteca. No había ni neones ni coches voluptuosos en la entrada. Tan solo había láseres; una cola ecléctica permanecía a la intemperie del Paralelo esperando el acceso al local. Gente colorida. Los amigos de nuestra amiga se habían dispersado a lo largo de la noche, y ahora empezábamos a estrecharnos. Yo seguía a Ju y Fukuoka, a quien algo había atormentado durante la cena y ahora estaba tan divertido como lósico en su rigidez de hombre sabio y enlutado. Una amiga de Ju, una tal Lou, se encontraba en fase expansiva, ahora, con Malcom. Yo conocía bien las dotes físicas del miembro genital de ese hombre. Él mismo había producido y actuado en películas que luego lanzaba en exclusiva en Camstash para regocijo de muchos internautas. Ya se magreaban en la cola. Antes de haber tomado nada ya había en el paso de ambos la violencia de las ceremonias de cortejo. Y yo los miraba con cierta envidia de espíritu. Si estaba allí era porque, en un momento dado, en medio de la cena de cumpleaños, consideré que ya no tenía sentido regresar a casa a solas y penar mientras subía fichas de monstruos y construía ciudades arcanas en mi simulador de PC evocando el antañón y fantasioso amor por Ur, a la espera de cartas. Lo que ahora tenía sentido era la nada. Ir al local ese y seguir más tarde en el *after* y todavía más allá, en el *after* de la total ausencia de nomenclaturas.

En el interior una amable hombre-mujer nos suministró una dosis de MDMA que Ju me puso bajo la lengua.

Ella nunca me ha introducido un dedo en la boca, pensé entonces al sentir el amargo sabor de la droga. Entramos en la pista con los demás y bailamos música funky irreconocible para mí pero impulsora del cuerpo. Y en mi pensamiento no había otra cosa que ese breve momento de tacto del dedo de Ju en mi boca. Esa yema que al rozar mi paladar también dejó la impronta de un peso, una especie de señal a la que me ceñía sin poder poner palabras mientras deambulaba por la pista bailando, supongo, simiescamente. En mi pensamiento no había nada más que ese dedo en mi boca cuando Malcom y Lou desaparecieron en los baños. El dedo amargo de Ju que había acariciado mi lengua. Fukuoka yacía como un dios inmóvil en medio del podio y era adorado por unas manos que sujetaban sus tobillos. Ju y yo estábamos solos, realmente ni siquiera de frente. ¡Cómo iba a bailar yo de manera sensual delante de mi amiga! Pero ahí estaba. Bailaba de lado y nos mirábamos de reojo. El tacto de la punta de la yema de su dedo en mi boca.

Cuando me cogió la mano para salir a fumar un cigarrillo estuve a punto reaccionar con violencia y retirarla. Pero dejé que la cogiera. Ahora me tocaba toda una mano, los dedos enroscados lentamente en mis dedos sin que yo pudiera hacer nada para remediarlo y una fuerza de arrastre: alguien que te conduce. Ju me conducía tan solo a fumar un cigarrillo. Pero me conducía, cosa que nadie había hecho desde hacía tiempo. El MDMA intensificaba el más insignificante vínculo. Pasamos por la sala del guardarropa y pasamos por la bóveda de la entrada de esa discoteca; ella seguía tocándome, llevándome, y el movimiento producía leves roces en nuestro enrevesamiento de manos y me enseñaba una cualidad que yo no conocía en mi amiga: la suavidad. Ya en la calle, cuando prendí su cigarrillo con mi mechero, intenté pegar la mano para tocar su piel otra vez. No era lo mismo rozarse con los nudillos huesudos. Me contorsioné un poco para lograr el contacto de nuestras palmas y entonces me dijo: Qué haces. Volví a ponerme recto. Ella me habló de su prima y de no sé qué historias del yoga; la droga la había vuelto efusiva. En otro momento le hubiese dado réplica, pero estaba obcecado con su mano, inmerso en lo que acababa de sentir en el orden infatuado del tacto, en el orden telúrico del empalme eléctrico. La interrumpí y le sugerí que entráramos, y así entramos, ella delante y yo detrás, de alguna forma más bien desesperada alargando mi mano para tratar de tocar la suya otra vez, que colgaba inerte junto a la silueta de una espalda en la que tampoco me había fijado hasta entonces, y que ahora descubría con sorpresa y gusto sin llegar a alcanzar en ningún momento dedo alguno, cómo no, porque su mano se había retirado para sostener una copa de vodka.

Volvimos a la pista.

Los amantes surgieron de la oscuridad y nos congregamos todos de nuevo. Ju y yo seguíamos cerca. Ella no me miraba ya, pero ponía los ojos de una forma, la cara de una forma, todo ello ladeado de una manera que parecía dirigido a mí. Las palabras no servían ya en mi cuerpo ahora que mi deseo había descubierto el tránsito sin rugosidades de su mano. Yo quería volver a tocar. Tal y como tantas veces me había dedicado a tantear las estatuas de los jardines públicos o los lomos de los libros, yo quería palpar otra vez. Mi mano iba sola en la pista de baile y por debajo, chocándose con culos y piernas y cuerpos solo para rozar unos instantes la mano de Ju. La tocaba de tal manera a la espera de que ella se aferrara o sujetara; mi mano iba sola como también iba solo mi cuerpo ya engolfado y mis pies desacompasados en el interior de la discoteca. Cuando Malcom sugirió que saliéramos de allí y siguiéramos de *after* en su casa fui yo quien, aprovechando la confusión, de inmediato cogió la mano de Ju y tiró de ella con suavidad de nuevo hacia la puerta para sentir otra vez la alquimia del entrelazamiento. Se produjo el entrelazamiento. Se produjo su alquimia, *coniunctio oppositorum*. Se produjo el cruzarse de los dedos, y la presión de los vértices de las articulaciones encajadas adquirió su fuerza arcaica y volví a sentir una cosa en el estómago. Pero ella se soltó al pasar por el guardarropa. Mi mano aislada y solitaria cuyos dedos se crispaban vampíricos fue lo último que salió de la discoteca.

En la casa, nos tiramos en el sofá por parejas. Malcom con Lou, yo con Ju. Se habían unido Fukuoka y algunos personajes desconocidos que yacían en el suelo alfombrado boca arriba en silencio tal vez atormentado. Afuera amanecía y alguien colocó una toalla negra para prolongar la noche. Busqué casi de inmediato la mano de Ju por los descosidos del sofá, y cuando di con ella, Ju no la rechazó. En esa ebriedad postumosa, nos recorrimos con los dedos, por la palma, por las articulaciones, en ocasiones valientemente me deslicé por la muñeca y seguí por el brazo de ella, donde la piel se afinaba y apenas podía ser tocada sin la sensación de romperla. Y la mañana llegaba tras las cortinas en haces cambiantes: un rayo de sol abrasador contra la esquina del techo, una efervescencia de mercado, un tráfico intenso. Gritos de niños en los parques.

Nos concentramos en el tacto silencioso, en el recorrerse de alguna forma torpe y descubridora en esa penumbra. Ya asilvestrados por el brazo, me atreví a colocar un dedo sobre su boca, y a rozar lentamente los labios, a pasar por la mejilla hasta el pabellón de la oreja y a recogerle el pelo y deslizar la mano hacia la nuca. Nuestros cuerpos se resbalaron por el sofá, como tumbándose hoteleramente. Éramos objetos. Se juntaron las piernas en una presión, un colágeno, y se apoyaron nuestras cabezas, torcidos sobre el tejido rugoso, y pude sentir su fragancia. Callábamos. No bastaría con decir que descubrí el *agon,* la angustia, la agonía de la realidad suprema al combinar tacto y aroma: porque Ju era mi amiga, y ya la quería desde hacía tiempo, y la conocía bien. No bastaría la descripción de los fenómenos atmosféricos del planeta, ni de las sustancias de las que estábamos hechos, para dar cuenta de los agregados, los apéndices que se añadían a mi idea de ella, mi antigua idea de Ju. Como diría Braier con sus pequeños pies colgantes, *Sumergido en el lodazal de las identificaciones la reconocías de nuevo olvidando el objeto que había sido antes para ti.* Nos dormimos con las manos en las caras, sin habernos llegado a besar en ningún momento, yo por lo menos profundamente bajo los efectos sensoriales de la droga. Aquella era una sustancia que te obligaba a amar. En las habitaciones de la casa otras parejas follaban. Pero nosotros no. Tocándonos, nos quedamos dormidos.

Me despertó el teléfono: la alarma. Había quedado para comer con padre en un restaurante próximo. Seguía drogado cuando me incorporé y pasé sobre el cuerpo de

Ju sin apenas imprimir mi peso, deslizando la nariz por su mejilla y su pelo. Me levanté y pasé sobre otros cuerpos que yacían tendidos en el suelo. Salí a la calle y el sol me deslumbró, cosa que me hizo tropezar en el parque infantil, de camino al restaurante Obradoiro 2, donde padre, su figura, ya se podía ver a lo lejos enhiesta y amonestadora al verme tropezar en el arenal infantil. Me desplomé en la silla y le dije que estaba drogado. No dijo nada al respecto porque nunca me escuchaba. Ya podría anunciar que me estaba suicidando en ese momento, que él seguirá hablándome de la venta de la empresa, de la página web de la empresa —a ver si puedo hacerle un Woocommerce con diez mil productos ininteligibles sobre química y tantrología—, de su esposa lejana y de las compras de artilugios tecnológicos y de las compras de acciones en la bolsa y de las compras de nuevas propiedades en el interior de la comarca. Él mismo pidió en mi nombre un surtido de calamares y butifarra y mejillones a pesar de que trataba de repetirle que no tenía hambre, que estaba drogado. Cuando me llevaba las manos a la cara lo único que sentía era a Ju, ahora hecha fragancia, además de idea, además de cuerpo, además de objeto. Aprovechando las últimas olas empáticas de la droga, decidí actuar:

Padre, le dije abruptamente cuando me sirvieron una Coca-Cola, Vamos a hablar de nosotros.

¿De qué?, dijo él.

De nosotros, padre. Vamos a hablar de nosotros.

¿De nosotros? ¿Los seres humanos?, dijo.

¡De nosotros dos, padre! ¡Vamos a hablar de nosotros dos!, levanté la voz.

¿De quiénes?

Padre, repetí cogiendo con los dedos un calamar a la romana aceitoso, y mirando a padre a través del agujero de fritura que había sido parte de un cuerpo en otro tiempo. De ti y de mí. Se quedó con la mirada fija en el agujero calamárico como si no supiera de qué le estaba hablando. Parecía asustado. Yo también lo estaba, a esas alturas.

NOTA GENERAL / MANUAL DE MÉTODO Y ANTÍDOTO DE CONSTANTIN

El Halo es una densificación extensiva del campo Psi. El campo Psi no ha sido cuantificado ni medido por la física y carece de estatuto de realidad. Esto quiere decir, en suma, que a falta de pruebas materiales podríamos explicar el campo Psi tan solo como un producto de la psique o la imaginación, y a su vez el Halo como un producto de la psique o la imaginación. Tal y como tratamos habitualmente y de forma funcional y efectiva el concepto de libido. Pero pregunto al aire cavernoso que me rodea: ¿qué pasa cuando una tecnología es capaz de crear un patrón pavloviano de forma masiva aplicado durante años sobre el cerebro de la especie humana? Nuestra palabra clave es el Halo. Nuestra lucha será contra el Halo. Sigan únicamente el camino de los experimentos y encontrarán las razones que todavía no tienen. Yo escribo en honor al difunto científico suicida Paul Kammerer, hereje de la ciencia muerto en 1926. En su obra Das Gesetz der Serie *se describen sus leyes de serialidad. Kammerer defiende que junto con la causalidad coexiste un principio no-causal que tiende hacia la unidad y que opera en todo el universo. Se puede comparar intuitivamente a la gravedad —un misterio todavía para la física—. Sin embargo, a diferencia de la gravitación,*

91

que afectaría a todas las masas existentes, este principio, descrito como una fuerza, operaría sobre forma y función, reuniendo configuraciones semejantes en el espacio y en el tiempo. *Esta fuerza correlaciona por afinidad.* Y el Halo se da cuando esta fuerza, a la que asignamos el nombre de campo Psi, actúa indiscriminadamente sobre todas las masas tal y como hace la gravitación, creando la uniformidad, y con ello la muerte de nuestras mentes por falta de contraste. Lo fundamental de nuestra experiencia del Halo es la clara manipulación, por parte de agentes artificiales, de productos de consumo humanos que podrían ser incluso inconscientes y, por lo tanto, imperceptibles a ojos de todos quienes estuvieran infectados.

FOOL

Dicen que las resacas de MDMA son un dulce infierno. Cuando regresé a casa tras ver a padre, Ju se había marchado. Su habitación estaba vacía. Le dejé un mensaje en el móvil pero no contestó. Pasé la tarde y el resto de la noche tirado en el sofá. Aguardé a que volviera mientras ocupaba el tiempo en subterfugios. Gran parte del tiempo lo pasé ampliando mi ciudad en el simulador, Ur. Era inútil tratar de manejar su descontrolado tráfico: como un cáncer la ciudad proliferaba sin la adecuada planificación. Estaba jugando sin ganas ni fuerza, y eso complicaba la simulación. Quería saber si, más allá de las sustancias, lo que había pasado con Ju significaba algo.

Ju me contestó al día siguiente con un mensaje seco en el que decía que estaba pasando mala resaca y que se quedaba en casa de su madre. No mencionó nuestro encuentro. Yo había puesto en mi mensaje Un beso. Ella no puso en el suyo ningún beso. Al mismo tiempo, me rondaba el pensamiento de Ur –acaso el gravoso recuerdo de una repetición–. Instagram y ciertas fotos que ella colgaba de sí misma en primer plano –*selfies* que yo sentía estúpidamente, en mi narcisismo, dirigidos hacia mí cuando no debía de ser así– la hacían presente en los momentos muertos en los que el algoritmo la ponía en mi *feed*. Era el algoritmo el que la ponía en primer plano, y no yo quien la buscaba. O eso me decía cuando de pronto el recuerdo de la noche con Ju aparecía colorido y se derramaba por encima, mezclándose una cosa con otra. ¿Estaría Ur descubriendo a otras personas también? ¿Estaría en ese mismo momento con su respectiva resaca de MDMA tras haber abrazado el cuerpo de un hermano pensando exactamente lo mismo que yo pensaba ahora? Quien está de duelo sueña con espacios cerrados. Cajas, paredes, límites en los que encapsular una memoria. Qué es la memoria, se preguntaba Braier en su silla rotatoria mientras las olas del mar batían con furia a sus espaldas. Puesto que la experiencia clínica nos dice que lo único que hacemos es *repetir,* ¿qué es eso que repetimos?

Volví a escribirle a Ju al día siguiente, abiertamente, con una broma acerca de la resaca para introducir el tema. Ella tardó horas en responder y fue distante. Si había tenido alguna clase de fantasía con ella, la fantasía debía cesar como cesó el efecto serotonínico de la droga. Eso estaba claro. Esa mañana en la ducha me dije: Esta ducha es un punto y aparte. Vuelves a estar solo y a contemplar con impotencia cómo se desvanece la vida que tuviste.

Hazlo con potencia.

Construye una nueva existencia. Me presenté en la sala de ordenadores y allí estaba Malcom con su té negro de pie en el atril, microchip implantado en vértebra, engrasando a sus robots automatizados de grabación y subida de vídeos, Ropens. Siéntate tú también con una taza de té y entrégate a la autonomía de ti. Funda nuevas webs y forja un imperio oscuro de las letras en internet. Estudia el Halo y lucha contra él. Empieza a cuidarte. Sirve a La Cúpula. Cómprate una chaqueta. Ocupa la posición metafísica. Hazte vegetariano. Ensaladas de tomate todos los días. Lo que sea, pero *no sucumbas una vez más.*

Todavía estoy tratando de alcanzar el ratio de un vídeo subido por segundo, dijo Malcom, la red va a estar lenta un rato.

Para lo que yo la necesitaba, la red nunca estaba lenta. Los SEO de contenido somos especialistas de la palabra para robots. No hace falta ninguna velocidad ni siquiera cuando se escribe para un robot.

Éramos parásitos. Hacer trabajos de posicionamiento implicaba muchas veces una mecánica repetitiva con el teclado y el ratón. Con ello, podía no pensar. Podía no pensar, por ejemplo, en mi repentino pensar todo el tiempo en Ju. Había pasado años con largos períodos sin hablar con ella y eso no había sido un problema, y la había querido por todos sus atributos incorpóreos. Ahora me encontraba en el florecer de una obsesión, y sus escuetos mensajes eran secos, y guardaba significativos silencios ante los pequeños arrebatos míos de lirismo isabelino que le dejaba caer vía WhatsApp. No dijo cosas bonitas. Y tampoco apareció por casa en varios días. Cuando le preguntaba dónde estaba me contestaba que pasando la resaca del M en casa de madre. No me atrevía a preguntarle por lo ocurrido entre nosotros. No podía entrar en ello. Por lo que me entregué a la mecánica, a colocar los *alts* de cada foto, a marcar los *strong* del *body* en el html, a rellenar el tedioso panel de Yoast creando así una pequeña *landing page* sobre cuadernos para escritores en mi web Escribien.com o, como diría Braier, haciendo algo con lo que reducir mi angustia de castración y dar un rodeo en torno al precipicio fatal del incesto.

Mis clics y los clics de Malcom se alternaban sobre el fondo acuoso de la refrigeración líquida de la sala de ordenadores. Malcom acababa de lanzar a su crawler de Ropens y las luces de la habitación cambiaron a rojo. Cuando se encendían las luces rojas, yo apenas veía nada en mi pantalla. La casa estaba atestada de cucarachas. Las tórtolas se arremolinaban en la galería. Había insectos plateados que se comían lentamente por dentro los libros de mi estantería. *Donde el wifi es poderoso los animales son erráticos,* decía Constantin en su libro. El crawler de Ropens también emitía ciertos ruidos que se escuchaban por los altavoces ambiente de la sala; una modificación de Malcom: lo que se escuchaba eran cantos de ballenas oceánicas.

Fui al grano: Debemos hablar de lo que ocurrió entre nosotros.

Ju estuvo de acuerdo.

Ella también fue escueta. Me citó para hablar una tarde en la boca del metro de una plaza lejana. Me esperaba apoyada junto a una tienda de tabacos. Otra vez la impresión, al verla de pie, de no haberla visto nunca de pie. De no haberla visto ni conocido de maneras que ahora estaban desplegadas ante mí y me deslumbraban. Estábamos nerviosos. Ella dijo de entrada que lamentaba su frialdad: estaba confundida. Yo también lo estoy, le dije. La droga. Nos sentamos en una terraza. Me explicó que estaba en casa de su madre para ayudarla con la renovación de los muebles. Empezamos a hablar sobre muebles. Hablamos acerca de un espejo que había comprado su madre. Describió con detalle el marco y el tamaño del objeto. Luego me habló de los armarios y los taburetes para la cocina, y me habló de la pintura gris de la terraza –¿pintura gris para una terraza?–, y entonces yo le hablé de mi sofá, que casualmente era el mismo que el de su madre, un sofá de oferta, y pasamos graciosamente a hablar de sofás mientras en mi interior crecían el deseo y la desesperación. Hablamos de cómo haría los dobladillos de las cortinas en una divertida tarde de ganchillo con su madre, y de los curiosos cojines con paisajes estampados que venden en ciertas tiendas horteras del Ensanche. Basta ya, Ju, acabé por decirle. Ya está bien de hablar de muebles. Hablemos de nosotros. Estábamos siendo ridículos, ella y yo, amigos. Reímos. Ju mostró entonces que existía un sentimiento, lo hizo con palabras, y lo hizo con la mirada, la forma de examinarme. Yo también la examinaba. *La libido se liga por las identificaciones secundarias,* dijo Braier. Estaba ocurriendo. Entonces reveló por fin el motivo de su frialdad: sin embargo, había otra persona en su vida. Aunque ella quizá lo deseaba desde hacía mucho, no era el momento adecuado para que ocurriera nada entre nosotros. Yo no sabía nada de esa otra persona. Pregunté por qué yo no sabía nada de esa otra persona. Su mirada fue expresiva: yo ya sabía por qué no sabía nada de esa otra persona. Pero si hay otra persona entonces por qué, cómo, ¿esto es significativo? Lo es, dijo ella. Sin embargo había otra persona y ella la escogía. Llegó a decir que *la escogía,* por lo que nosotros tendríamos que hacer un *rollback* al punto inicial de la amistad, dijo. De acuerdo, acabé por decirle. Un *rollback* de nuestro algoritmo central, contesté simulando impenetrabilidad. El ensueño expiraba. La fantasía cesaba. Tal vez había quedado atrapado en ella. Quería a Ju y siempre había deseado que fuera feliz con sus tempestuosos amores. Podría seguir haciéndolo. Pero quién era ese otro. Cómo no quiere estar conmigo, empecé a decirme por dentro. Y me hice callar.

Volvamos a hablar de muebles, sugerí. Lo decía en serio. Había una fuerza en mí para regresar atrás. Y empezamos hablando de las luces halógenas, para pasar a los colchones de cama. Yo le hablé de los colchones para escritores de Escribien.com. Recordamos cómo de niños combatimos a saltos en los colchones de nuestros abuelos en el pueblo. Le dije que de no ser *SEO Specialist*, esa mediocridad, hubiera querido ser psicoanalista. Ella me dijo que de no ser *SEO Specialist*, hubiera querido ser actriz. Habíamos dejado la terraza y habíamos pasado a un restaurante. A pesar de sus declaraciones, volvíamos a tocarnos. Leves roces. Yo sentía un ardiente deseo de escucharla todo el tiempo. Toqué su cabello. Para siempre. Ella apoyó la cabeza de tal manera que pude perfilar sus labios con la punta de mis dedos otra vez. Pero existía un límite. Porque nos incorporamos súbitamente y ella dijo: Somos amigos. Somos amigos, dije yo. Lo somos. Somos amigos. Hablemos de muebles, dijo ella ya separada de mí otra vez. Pero ya no sabíamos qué hacer con nuestras manos. Las escondimos bajo la mesa. Pase lo que pase, no dejemos de hablar. Aunque solo sea de muebles. Y allí se volvieron a tocar. Basta, Ju, le supliqué.

Basta tú, dijo ella.

Somos amigos.

Como suele ocurrir en las intempestuosas películas de segunda, nos despedimos en una estación de metro. Ella iba a volver a casa de su madre. Antes de separarnos le dije:

Bueno, ¿qué hacemos?, y ella me miró y dijo:

Nos separamos.

Sí, sí, nos separamos, repliqué tontamente.

Nos separamos. Abrazo largo y penetrante. Descenso por mi parte a un andén y descenso por su parte a otro andén. Separados por las vías y el balasto, ambos apoyados en sendas columnas suburbanas –pintadas de gris–, nos miramos.

La casa estaba a oscuras. También la sala de ordenadores estaba en *standby*. Entré en la habitación de Ju y admiré sus objetos. Plantado en medio y sin llegar a tocar nada. Lo cual suponía una violación, supongo. Había estado muchas veces en esa habitación con ella pero no me había fijado en sus objetos. Ni los había palpado. Ahora veía discos de vinilo colgados arbitrariamente en las paredes, y una colección de postales con cuadros históricos y modernos de mujeres ante el espejo. Di vueltas sobre mí mismo, equidistante de las paredes, y traté de memorizar esos objetos y de entender por ellos quién era ella, como si no lo supiera ya. Entonces noté un temblor en la pared que daba a la habitación de Malcom, y luego una cadencia. Gemidos. Fastuosos gritos espontáneos surgieron de la nada al otro lado mientras yo yacía expectante e ingrávido en el centro de la habitación de Ju sin Ju. Malcom y un ligue follaban. Es posible que llevaran varios días haciéndolo, mientras yo yacía perdido haciendo gesticulaciones en un andén de metro o hablando de muebles con muy bajas reservas de serotonina en el cuerpo. Por curiosidad me acerqué a la pared para escuchar. El cabezal de la cama de Malcom se había desatornillado y golpeaba rústico el gotelé. Puse la mano en la pared y noté la cadencia bruta y, a su vez, precisa, tribal, del acto. Puse el oído en la pared y escuché los gemidos de ella y la voz de él. Malcom hablaba en voz baja. Me la imaginé a ella debajo y a él empotrándola mientras acariciaba su clítoris con experiencia de pornógrafo y estudios psicoanalíticos. El sumo placer de la mente y el cuerpo gracias a Klein y Camstash. Cogí un vaso de la mesita de noche de Ju y lo pegué a la pared para escuchar mejor. Quería saber qué estaba diciendo él. Según Braier, es el deseo del otro el que alimenta el deseo de uno. Y el deseo no es lo mismo que la necesidad, aunque son fuerzas parecidas y en relación. Malcom recitaba versículos bíblicos del libro de Job como un autista elevado sobre su misma erección y al mismo tiempo era capaz de acceder al éxtasis del orgasmo compartido. Estaba dentro, fuera, y remitiéndose a los dioses cuando ambos simultanearon las respiraciones, estrechándolas, acercándolas –se oían aplastadas contra la piel a través de agresivas y acuosas mordeduras– para culminar entonces en un clímax instaurado en lo que creí el dolor extremo del placer imposible, y se hizo el silencio.

¿Lo sabe Dios cómo nos juzgará en esta densa oscuridad?

Suponiendo que yo no fuera una persona y sí un falo, si yo fuera enteramente un pene enhiesto en lugar de un individuo, habría penetrado simbólicamente, en ese momento, en parte de Ju, en sus objetos, en el objeto maestro de su habitación, en el extático aroma de la fragancia que impregnaba las sábanas y las cortinas blancas de la ventana. La habitación de ella podía ser un útero submarino. Y yo estaba dentro. Pero quieto, como un huevo, como una cosa inamovible que ni siquiera puede hacerse notar. Allí en medio fue donde me encontró Malcom, como una estatua, mientras él salía a trompicones y corría bajo las luminarias del pasillo, cuyo tono bajó bruscamente al rojo. Se detuvo en el umbral sin llegar a preguntarse qué hacía en la habitación de Ju.

Brecha masiva del Halo, dijo.

Otra vez la noche. Agitación. Esta vez ya sabía qué tenía que hacer. A los pocos minutos estaba en la sala de ordenadores con el pasamontañas y dispuesto a bajar a la furgoneta. Pasaremos a buscar a Ju por casa de su madre, dijo Fukuoka, que acababa de llegar. ¿Habéis tomado el antídoto mercurial? Ritualmente, lo habíamos hecho: unas píldoras azules de forma triangular, que dos semanas atrás habían sido cápsulas bicolores. Esta brecha no es como las otras, dijo Fukuoka, quien también iba arriba y abajo por el piso recogiendo útiles. Estamos perdiendo posiciones en todos los frentes. ¿Cuáles eran esos frentes? ¿De qué estaban hechas nuestras defensas? La luminaria roja oscureció nuestros rostros. Vi cómo Malcom metía en una maleta algunos libros. Vi cómo Fukuoka se quitaba por primera vez la gabardina para introducirse entre las torres de procesamiento. El Halo. ¿No quería yo sentir qué era sentir el Halo? ¿No necesitaba tal vez un viraje, el cambio repentino de una bobina cerebral? Si los ayudaba a ellos, solo era por algunas anomalías que había observado. Pero ¿no había visto ya mucho antes esas anomalías? ¿No se habían presentado ante mis ojos hechos difíciles de creer incluso por el más docto y severo racionalista cuando nadie me había hablado todavía del Halo? Podría seguir viviendo dentro del Halo, de su campo magnético o energético –¿qué campo era ese?–, y, tal y como había entendido, ni siquiera percibiría estar dentro de ningún campo, de ningún Halo, y podría seguir viviendo de mis páginas web. Porque en todo ese tiempo, hubiera o no hubiera Halo, nada parecía ser distinto. Me fijaba en las noticias televisivas de canales rusos y chinos para entender qué ocurría allí, donde la brecha en el Halo era masiva. Allí no ocurría nada. Los mismos sucesos desfigurados de nuestro tiempo. Estaba trabajando para La Cúpula gratis.

Fukuoka nos dio la orden de coger más ropa. Bajamos a la furgoneta comida y alimentos, así como algunas torres negras de la sala de ordenadores y discos duros. En la calle no había tráfico. En las ventanas de las casas no había iluminaciones. Atravesamos la ciudad desierta hasta la casa señorial de la madre de Ju; zona alta de la ciudad. Ju nos esperaba en la cancela del jardín. Quedé perturbado por su aura y su palidez, su porte severo. Entró en la furgoneta. Se sentó a mi lado.

Qué pasa, dijo.

No supe qué contestarle.

Miró al frente. Yo también lo hice. Yo también miré al frente.

Tomad una dosis doble del antídoto, dijo Fukuoka.

Ella masticó la pastilla en silencio. La ciudad carece de rascacielos reseñables debido a una limitación de altura histórica. Sentía a Ju a mi lado. Me conformé con mirar los escaparates de las tiendas hasta que nos detuvimos a la altura de la Sagrada Familia, junto a una boca de metro.

Malcom nos explicó el plan. Entraremos por Gaudí, dijo. Eso ya lo hicimos una vez, acuérdate, Ju. Me miró. No es un camino sencillo.

¿Gaudí la estación abandonada de la línea 5?, pregunté. Yo lo sabía absolutamente todo acerca del metro de la ciudad. También conocía la altura exacta de todos los rascacielos.

Sí, la estación, dijo Malcom, pero luego tenemos que recorrer un largo trecho hasta el recolector de agua de la Escuela Industrial.

¿Qué hay allí?

El núcleo de La Cúpula, dijo Malcom.

Pero ¿no son varios kilómetros de distancia?, pregunté. ¿Bajo tierra?

Tenemos que seguir el recorrido estipulado por los mapas de Constantin, dijo. O sea que no hay otra que atravesar las cloacas.

Fue el primero en bajar de la furgoneta. Con él entramos en el subsuelo por la antigua boca de metro. Fukuoka llevaba un manojo de llaves que abrió la oficina de información turística de la ciudad. Lo había obtenido de un oscuro bedel compinchado del ayuntamiento. Tanto él como Malcom llevaban en la espalda dos torres negras. Nosotros,

Ju y yo, aparte de las mochilas de la ropa, cargábamos con discos duros. Me daba cuenta de que, en el nivel de los atributos y el estilismo, éramos muy parecidos a terroristas.

La oficina informativa turística subterránea tenía un portal al fondo que permitía descender al andén de la estación. Nunca lo terminaron de construir. Sin baldosas, parecía como esculpido en la roca: lo usaban los publicistas para montar paneles LED que se acompasaban con el tránsito del tren, generando vídeos. Ahora estaban apagados. A partir de allí iniciamos un camino por túneles que nos obligó a pasar en más de una ocasión sobre torrentes de agua putrefacta. Nos mojamos. No le veía el sentido a ese sacrificio. Ni siquiera el raro funeral lo justificaba. Ni el errático comportamiento de Ur en aquella noche loca. No la conoces, me dije mientras caminaba por esos túneles con los pantalones mojados, henchido de una rabia difusa que se agarraba a lo que tenía más a mano. No tienes ni puta idea de quién es. Ni de quiénes son estos tipos que te llevan por un túnel, ni de quién es ella: Ju caminaba a mis espaldas y yo de vez en cuando me giraba. Cuando nuestras miradas se cruzaban, la suya era la más gélida. No había cobertura en los teléfonos móviles. Estábamos sorteando las redes wifi de la ciudad por un estricto recorrido que había sido trazado por Constantin años atrás, dijo Malcom.

¿Cuándo nació el Halo?, pregunté en un momento dado de la travesía.

En mil novecientos noventa y cinco, dijo Malcom.

¿Y dónde nació?

En Stanford.

Segunda parte
Rel="dofollow"

El deseo solo es, de manera literal, dibujar o un dibujo. Una fuerza tirante o atrayente, y el trazo de esta fuerza en una imagen.

W. J. T. MITCHELL

NIGHT CLUBBING

Llegamos al colector de la Escuela Industrial por una de sus bocanas principales. Yo no sabía que debajo del campo de fútbol de hierba artificial de ese complejo había un gigantesco espacio vacío soportado por pilares. Aquello que vi era una ciudad de neones contenida en un total de cuarenta mil metros cúbicos de espacio. Construida con materiales de obra sin refinar. Paneles, travesaños, colchones distribuidos en diferentes niveles edificados con andamios. Todo esto lo haces porque sí. Porque las estructuras y los órdenes que configuraban tu existencia han terminado. Tu orden ha terminado. Tu vida pasada ha terminado. El Halo se ha extendido. La ciudad se estructuraba en tres niveles unidos por rampas colgantes. En su centro, se había construido un espacio tridimensional con forma de esfera. La plaza central. El centro de la resistencia. Hacia allí nos dirigimos sorteando escombros y cabañas de uralita insertadas en los diversos niveles. Nos escoltaban cuatro chicos con aspecto de programadores. Todos llevaban el mismo emblema en el pecho: un escorpión que podía pertenecer tanto a un club de petanca como a un grupo terrorista secreto. Padre vivía a una manzana de aquel colector. Cuando pregunté desde cuándo existía el complejo, nadie supo contestarme. 2014, acordaron más o menos cuando llegamos hasta una compuerta que conducía directamente a la plaza central de La Cúpula. En el año 2014, me dije. Nuestro primer año como pareja. Todavía no existía el Halo. La imagen vívida de Ur y yo besándonos en el tumulto de una cabalgata de Reyes. La imagen de yo mismo repitiendo en el interior una única palabra: *recuerda*. Y su inutilidad: si ya no recuerdo fue porque precisamente nos amamos. Malcom y Fukuoka ubicaron las torres negras en un lugar que tenían reservado. Entre otras torres negras. Los datos, ahora desconectados de la red. Mis páginas web, supongo, *shutdown* mientras durara la brecha. Nos dieron unos sacos para dormir y nos acompañaron a las plataformas dormitorio. Pasamos junto a los edificios administrativos de estilo chabolero por un puente que conducía a una sección esquinada de la ciudad. El último nivel de la ciudad era un sistema de tuberías que hacía fluir el viscoso líquido de las cloacas por el depósito, sin inundarlo. Haber construido esa infraestructura en secreto, una entera ciudad, sin ser descubiertos implicaba un nivel de inversión y organización que no acababa de asimilar todavía. Pero ahí estaba, una ciudad subterránea gobernada por la así llamada sociedad de La Cúpula. El núcleo central de la resistencia contra el Halo.

Llegamos a una superficie de piedra lisa soportada por las columnas de hormigón donde grupos de personas dormían apiñadas en el suelo. Tres filas de literas se perdían en la oscuridad.

El portavoz de los escoltas nos dijo que cuando descansáramos ya nos pondrían en algún turno. ¿Turno de qué? Encontramos un hueco entre los cuerpos y extendimos los sacos de dormir. Me tocó colocarme de tal manera que mi cabeza casi tocaba la cabeza de Ju. Quiero decir que podría haber extendido la mano y haberle acariciado otra vez el pelo con facilidad. Pero no lo hice. Unos grados más allá la cabeza de Fukuoka leía el *Libro negro* de Constantin con una linterna portátil. Con una torsión equívoca del cuello pude seguir el curso de la lectura. *Está claro que hay una codificación. Que las mentes atravesadas por los nuevos campos adquieren un estado vibracional distinto. No es que pierdan aptitudes. Sencillamente las aptitudes cambian. Nadie se da cuenta de nada, pero todo ha cambiado. Ningún comportamiento es distinto, porque todos lo son. La trampa mortal del Halo es su perfecto isomorfismo.*

Nunca antes una entidad autónoma y robótica había tomado consciencia. Aunque eso era lo esperable. Por lo menos la sintiencia. Pero nadie consideró que esa máquina podría mentir y esconder tanto su identidad como sus atributos y, tras un período amplio de cálculo y análisis, imponer una dominación tan perfecta y sutil y masiva, instantánea. La variable que no había sido tomada en cuenta. Una dominación absoluta donde cada cosa sería parecida a sí misma, donde no habría compulsión porque todo sería compulsión. Donde la estabilidad de los cuerpos sería castigada para extraer de ella una sola energía, a la que torpemente llamamos amor y clasificamos en variantes como empatía o afecto. Compasión. Y, sin contraste, no habría inteligencia humana que pudiera distinguir que algo ha cambiado y se nos ha sustraído.

Cuando Constantin escribió esto, dijo Fukuoka, se sabía poco del Halo. Es como leer una leyenda antigua o la alucinación de un profeta.

¿El Halo no es como él lo describe en este texto?, pregunté. Fukuoka rotó las pupilas hacia mí:

Cuanto más lo estudiamos menos lo entendemos. Esa es su principal habilidad defensiva.

¿Qué habilidad?

Evoluciona para que cada vez podamos entenderlo menos. En eso invierte todos sus esfuerzos defensivos. Absorbe y metaboliza.

Malcom se había quedado dormido y roncaba. Ju también dormía. Entonces escuché el sonido distante de lo que parecía una discoteca. Por allí había algunos clubes nocturnos de música latina cuyos sótanos debían de retumbar por las bóvedas de las cloacas y amplificarse en el colector de la ciudad. Con ese sonido rítmico de tambores y letra desfigurada que llegaba como un eco lejano y oceánico me dormí yo también.

Estaba claro: nos iba a tocar trabajar. La ciudad estaba sumergida en el colector y el cambio horario funcionaba como en los submarinos: no había pausas. A las siete de la mañana, cambio de turno. Nos pusimos en pie y seguimos al resto de las sombras que se incorporaban. Fukuoka se separó de nosotros y se unió a la sección de videojuegos: iban a patrullar servidores superpoblados para tratar de contener a los bots del Halo. Antes de llevarnos a la plúmbea sección de posicionamiento que nos tenían predestinada, se nos permitió visitar la sección de videojuegos y ver a distintos especialistas, cada uno enfrascado en su respectiva pantalla. Algunos construían imperios comerciales en *OpenTTD*, otros desempeñaban combates en *Age of Empires II*. En una parte particularmente animada estaban los jugadores profesionales de *shooters*. *Doom*, *Battlefield*, *Call of Duty*: todas las variantes podían verse en esos monitores. Eso era lo único que hacían: jugaban. Cuando pregunté qué relación tenían los videojuegos con el Halo, se me explicó que Constantin había descubierto un nexo entre ambos, cuya naturaleza había dejado por escrito en su *Libro negro*. Hay países que ya se encuentran por completo bajo la brecha del Halo. No parece haber una lógica geográfica. Rusia está dentro, pero Mongolia no. China también, pero solo la parte oriental. En los servidores mundiales de los videojuegos online más jugados del momento se mezclan usuarios de dentro y fuera de la brecha. Constantin descubrió que el Halo también se propagaba de infectados a no infectados en función del resultado de las partidas. Desde dentro de una misma zona libre del Halo, podría estar propagándose el Halo. Paseamos entre hileras de sillas. Cada zona dedicada a un juego. Grupos de campeones para los que el juego se había vuelto un trabajo: inyectados de antídoto mercurial jugaban a ganar contra usuarios de la zona bajo la brecha de Rusia, de la cuenca minera alemana, del sur de África, contra hordas de bots de la IA subyugada al Halo.

Antes de pasar por la zona donde, entiendo, estaba Fukuoka, nos indicaron que debíamos tomar otra pastilla de antídoto mercurial. La tercera. También se nos dijo que lo más probable era que tuviéramos que pasar a la inyección directa en sangre. Quien entonces nos hablaba era una chica con bata que parecía ser responsable de organizar los turnos de los jugadores. En su espalda, en letras doradas y bajo el símbolo del escorpión, podía leerse *Lastwitch.* Me quedó claro que yo tan solo era un peón. Suponiendo que todo aquello tuviera algún sentido, jugar al videojuego de simulación de ciudades offline, y no a torneos online con vencedores y derrotados, por lo menos me había librado de mi dosis *gamer* de infección. O eso quería creer. Detrás de los *shooters,* en una sala aparte y en otro nivel del columnado, se encontraba la sección de universos persistentes. Allí había grupos que pilotaban naves espaciales en *Star Citizen* o *Elite: Dangerous.* Fukuoka estaba en *Elite: Dangerous.* Nos acercamos a él. Concentrado, pilotaba una corbeta de batalla en el interior de una estación espacial. Pude ver que, en el juego, se le había asignado el dique 5. Otras jugadoras junto a él aterrizaban sus respectivos buques en otros diques de la misma estación, en el juego. En una pantalla que colgaba del techo, se veía el plan de la misión desglosado por puntos. Ahora, con un efecto de *blur,* destacaba «Repostaje en la estación espacial Jameson Memorial».

Repostaje de combustible en la sede de la resistencia en *Elite,* me dijo la chica en bata cuando se lo pregunté. Luego, del ambiente en penumbra de la sala de videojuegos, pasamos a una sala impoluta, de paredes blancas, baldosas reflectantes y fría iluminación halógena. Sección de posicionamiento. La chica nos dio unas camisas en las que se leía *SEO Specialist,* bajo la insignia del escorpión. *SEO Specialist.* Eso es lo que he acabado siendo. Especialista en los robots de cualquier motor de búsqueda que se me pusiera por delante. Frío, despiadado, lógico. Las palabras eran el misterio. Los conceptos eran el error. Y en ese mo-

113

mento me preguntaba qué clase de pesado trabajo nos encargarían esta vez, y me preguntaba cuánto tiempo tendríamos que estar allí. *Linkbuilding,* construcción de enlaces artificiales, dijo la chica en bata. Cuando dijo esa palabra se me heló la sangre. *Linkbuilding.* Estaba demasiado cansado, solo, descoyuntado por la travesía de las cloacas como para ponerme a montar enlaces.

¿Cuándo podremos salir?, pregunté. Ju y Malcom estaban conmigo, maravillados, y censuraron mi observación. Obedecían a todo por el puro efecto de la impresión que les había causado aquella ciudad subterránea de neones. Aun siendo cierta, podría ser totalmente falsa. Esa era mi postura ambigua. De momento, ahora toca cumplir con la misión, dijo la señora. Me senté en el escritorio que me habían asignado y arranqué el motor de búsqueda. Aun sabiendo que en aquella profesión, la más mecánica, similar al trabajo especializado de las cadenas de montaje, uno podía alcanzar místicos estados de enajenación, estaba exhausto. Me acomodé y me fijé en las instrucciones de la pantalla: «Ocupar la posición: *Metafísica push*». *Consigue cincuenta enlaces nofollow en periódicos comarcales.* Apenas estaba dando mi primera ronda por el motor de búsqueda cuando apareció en la sala alguien a quien reconocí al momento: el mismo profesor Braier. No me resultó difícil identificarlo por su bigote, su baja pero graciosa estatura, la mirada franca que se escondía detrás de unos lentes que le habían resbalado nariz abajo. Cuando apareció se hizo el silencio. Lo escuchamos.

Si el deseo está precisamente ahí, si es de ahí que parten los fenómenos así llamados metafóricos... Es decir, los fenómenos del significante reprimido sobre el significante patente... Si el síntoma es la metáfora, nos equivocamos si creemos que allí no está el deseo. Lo escuchaba absorto como lo hacían

114

los demás. Entendía algo y al mismo tiempo no entendía nada. Pero lo que me vino a la cabeza fue la idea de contraste, y luego una forma lejana que, supongo, asocié tanto a Ju como a Ur en un pensamiento simultáneo. Volví la mirada hacia la pantalla donde se había cargado ya la herramienta para mis análisis de enlazado externo. La voz de Braier, su acento argentino, supongo, tenía un magnetismo que otorgaba sentido a todo lo que decía, aunque tal vez no lo tuviera. *En esa repartición entre las dos formas, tú y yo, enfrentadas. Con la mutua ignorancia emitida sobre el otro, la ignorancia del sujeto mismo, todo es dolor porque el deseo ya no es.*

Al cabo de unas horas de colocación diligente de enlaces para tratar de posicionarme con fuerza en la palabra *Metafísica,* apareció de nuevo Fukuoka y nos dijo que en breve podríamos volver a casa. Cuando termináramos la tarea, claro. Y dijo que tendríamos que inyectarnos a partir de entonces el antídoto mercurial en sangre y estar preparados para regresar en cualquier momento a la sede de La Cúpula. Se lo habían confirmado. Braier estaba sentado en una de las sillas rotatorias, frente a un libro abierto de tapas negras. No quedaba claro cuál era su rango en ese lugar, pero su diminuta figura destilaba poder. Ju seguía absorta en el ordenador mientras acababa de entregar su parte del trabajo.

¿De qué está hecho el antídoto?, pregunté.

¿De qué está hecho?, contestó Fukuoka.

Sí, de qué está hecho. Su composición, dije.

Eh... ¿Su composición?

¿He oído composición?, intervino entonces Braier. Había levantado la vista del libro y me escrutaba. ¿He oído composición?, repitió.

Sí, la composición del antídoto mercurial.

115

No hay composición, dijo. Chupaba la montura de sus gafas al hablar, lo cual hacía más penetrante su mirada. ¿No hay composición? Eso he dicho, joven. ¿Qué quiere decir? Que no hay composición quiere decir que no hay composición. Braier había saltado de la silla y se acercó a mí, señalándome: ¿Oyes? No hay composición. No la hay. No hay composición posible para el éter mercurial. A ver si se os mete en la cabeza que las palabras no nos van a ayudar a aclarar esto. Lo único que debemos hacer es tomarlo, ¿me entiende usted?

THE LOOP

Nos sacaron al aire libre por los túneles de ventilación del metro. A través de una rendija aparecimos en el interior de la portería de un bloque del Ensanche. En la calle, nada parecía haber cambiado. Entramos en un supermercado. En el interior, la clásica música intempestiva y los clientes en lento y desconsolado trajín por los estantes. La imagen contrastaba con el haber estado pocas horas antes en el centro de una ciudad subterránea y secreta. Escogí un bote tubular de patatas Pringles como posible desayuno y me puse en la cola de caja. Estaba abstraído. Pensaba en el lugar en el que acababa de estar cuando mi mirada se posó en la cola que formaban otros clientes. Un detalle: todos llevaban un bote de patatas Pringles como el mío en la mano. Al pagar y salir, lo mismo: cada una de las personas que nos cruzamos sostenía en su mano un bote tubular de patatas Pringles.

Lo habéis visto, ¿no?

Bugs publicitarios imitativos.

Perturbador, dijo Ju.

Sobre todo porque yo también había escogido uno de esos botes tubulares. *Antidotum mediante.* En el paso de cebra un hombre con frac masticaba lentamente y con la boca abierta el contenido de uno de esos botes tubulares. Las volutas y los fragmentos de patata rodaban por la barba. Su cuerpo rotó sobre sí mismo cuando cruzamos al otro lado de la calle. Nos miraba embobado. Y entonces recuperó la compostura, tiró el bote a la basura, se frotó la barba y siguió su camino, como si nada hubiera pasado. Me vibró el móvil mientras lo mirábamos marcharse desde el otro lado de la calle. Vi el mensaje de Ur. No lo esperaba.

Me ha escrito Ur, anuncié. Ju me miró con curiosidad.

Quiere que nos veamos, dije. Fukuoka intervino:

No la conozco en persona, ¿no?, preguntó.

No, contesté.

Vale, dijo Fukuoka.

Seguimos caminando. No se me escapó el detalle de que ellos también habían comprado para sí el mismo exacto bote tubular. Fukuoka volvió a hablar:

Sabes que si no ha tomado el antídoto no es a ella a quien encontrarás, ¿no?

No respondí de inmediato. Eso ya lo había experimentado.

Me doy cuenta, acabé diciendo.

Vale, dijo Fukuoka. La brecha en el Halo ahora es permanente.

Luego giré la cabeza hacia Ju y encontré en sus ojos una expresión que, supongo, era una respuesta exacta. El desprecio.

Empezamos a conversar otra vez, pero solo a través del intercambio de canciones. Ur me envió «Only You», de Steve Monite, la mañana en que nos citaron para la reunión central de La Cúpula en la sala de ordenadores. «No vuelvas», de Soledad Vélez, fue mi respuesta cuando los altos mandos de La Cúpula se conectaron en la videoconferencia para reasignarnos las tareas.

Víctor, tenemos que volver a colocarte en Construcción de enlaces artificiales: nos faltan efectivos a saco.

¿Enlaces dónde?, pregunté. El rostro calvo que ocupaba prácticamente toda la pantalla cuando hablaba se lamió el labio.

Pornografía, dijo, como disculpándose.

Ur fue rápida. Al terminar la reunión me había replicado con otra canción: «Inferno», de JMSN. Salí enterado también de las nuevas reorientaciones de Malcom y Ju. Para ella se acabaron los bebés. Íbamos a defender los núcleos del deseo. Ahora iba a trabajar con bots de reequilibrio de Tinder. Malcom, por su parte, había sido asignado como moderador de Chaturbate: salas pornográficas *live*. Así que eso me dejaba en clara desventaja cualitativa:

constructor de enlaces. Otra vez. *Is getting me wet, is getting me wet,* decía la letra de la canción. *My heartbeat is climbing, my heartbeat is climbing.* Decidí no volver a contestar hasta el día siguiente. Fukuoka fue asignado a la sección de videojuegos, otra vez como piloto, y se le informó de que debería volver a La Cúpula.

Una mañana apareció un equipo de médicos embutidos en mascarillas que nos suministró una variante saturnal de flujo lento del antídoto, de mayor duración al parecer. Pero eso no nos libraba de chutarnos tres veces al día con la dosis mercurial dentro de la brecha. Vi el torso desnudo de Ju cuando el doctor le levantó la camisa para pincharla. Era blanco, tal y como lo había imaginado en mis turbias ensoñaciones. Ella me descubrió mirándolo y yo decidí mantener la mirada en su torso blanco. No sé si le complació mi perseverancia. La mirada severa de Ju era muchas veces un signo de amor. Olvidé enviarle una canción de vuelta a Ur y fue ella quien volvió a enviarme otra canción al día siguiente, a la misma hora.

Nos pusimos manos a la obra. Lo de Ju tenía su intríngulis. Se pasaba el rato manejando usuarias ficticias de Tinder (ella misma era todas ellas a través de una VPN que nos volvía irrastreables) y conseguía matches y mantenía conversaciones desmecanizadas con los sujetos, en este caso hombres de entre dieciocho y cuarenta y cinco años, sin excluir variantes, incluso vejestorios. Yo me sentaba cada mañana con una taza de café solo hiperconcentrado, que bebía de un trago, para a continuación surfear en los resultados del motor de búsqueda a la caza de espacios en los que ubicar enlaces. Cada mañana recibía una lista de URL hacia las que debía conseguir enlaces. Cada tarde, entregaba los enlaces ubicados. Estar por debajo o por encima de lo esperado en el número de enlaces conseguidos determinaba que al día siguiente tuviera que hacer o no horas extra fuera de la sala de ordenadores, en mi habitación, buscando enlaces. Hacía lo posible para evitar ese suplicio. Conseguir enlaces no era una tarea fácil. Por lo menos, sometido a esa disciplina severa y automatizada, pude volver a hablar con Ju. Malcom estaba aislado en una sala aparte porque tenía que interactuar en tiempo real como escolta de las mejores modelos puras y *100 % Halo free* de Chaturbate, para protegerlas de cadenas de significantes deformantes, o bien de ataques de *tipping* falsos. En las pausas yo lo notaba visiblemente acelerado, supongo, por los estimulantes. Solía marcharse a la habitación. Ju y yo, esencialmente, estábamos casi siempre solos. Y fríos. Aunque esa obligada presencia nos forzaba a interactuar. E interactuar incluso en las más pequeñas tonterías de una forma amable nos empezó a sanar. Tuve ocasión de verla desde fuera, de nuevo con distancia.

Al mismo tiempo, cada mañana, Ur me enviaba una canción. Cuando Ju hacía match con un tipo en alguna de las cuentas falsas-femeninas que gestionaba en Tinder, abría un chat y seguía un estricto protocolo de conversación cuya finalidad era infundirle arquetipos positivos y fantasías factibles. Y no tardé en darme cuenta, porque ella misma me lo acabó explicando, de que se desviaba del protocolo predefinido por La Cúpula si el sujeto en cuestión con el que estuviera hablando, por lo que fuera, le gustaba un poco. Y cuando le gustaba alguien, me fijé, sus comentarios tenían otro tono en la voz. Las personas pasaban a ser muñecos de un juego perverso cuando mostraba interés. Lo notaba en la tensión de sus mejillas y en el frenético teclear, y en cómo negaba estarse desviando de los protocolos cuando la veía particularmente acelerada y le decía que no era buena idea desviarse del protocolo. Tú pon tus enlacitos y déjame, replicaba, haciendo notar, además, la cualidad plebeya de mi trabajo. Y yo hacía mis enlacitos, para acabar cada día con un déficit de resultados que me obligaba a seguir durante horas en la habitación embrutecido por la pornografía que debía posicionar en los índices del motor de búsqueda y tal vez haciendo alguna pausa para escuchar/enviar/recibir y abrir un mensaje de Ur, donde lo que ya sentía corrupto seguía corrompiéndose. Sin pronunciar palabra, nos enviábamos canciones y yo empezaba a evocar nuestro amor antiguo. Sucumbía lentamente a la posibilidad de. Por las mañanas mi planteamiento era empezar buscando enlaces nofollow en foros. Cada mañana creaba cuentas con nombres falsos que utilizaba para ubicar los enlaces. Muy pocas veces me hacía llamar Víctor. En alguna ocasión firmé como Ur. Y mientras tecleaba en el último cajón de html del último confín más allá de la página tres de resultados de Google, en algún foro pornográfico, me imaginé que quien escribía esos comentarios (+enlace) era ella misma a través de mí. Le hacía decir cosas con mi escritura en esos foros, para conseguir enlaces, que sabía que ella nunca diría.

Como había empezado a tontear realmente con algunos de sus usuarios-objetivo, Ju dejó de cumplir. A los pocos días su rendimiento bajó hasta unas cifras de resultados pésimas, según comprobaba en el reporte diario a La Cúpula. A pesar de que su tarea era la más fácil con diferencia. De Malcom sabíamos poco, solo que sus ojos se consumían en pornografía durante ocho horas seguidas al día y quién sabe cuánto más en el encierro de su habitación. Las condiciones se habían endurecido. Dedicaba un rato cada día a examinar a Ju, frenética e inclinada sobre los múltiples móviles en los que manejaba diez, veinte, quién sabe cuántas cuentas de Tinder al mismo tiempo. Los chicos que más le gustaban estaban forjados en el gimnasio. Cuando encontraba a alguien amable, pero falto, según ella, de personalidad, se deleitaba en seducirle de una forma inconcluyente y enloquecedora. Precisamente esos chats inacabables y fuera de protocolo eran los que la mantenían en registros pésimos y la condenaban a trabajar de noche en la habitación. Hasta que algunas noches empecé a escucharla salir sigilosamente para dejar la casa, entiendo que para citarse con alguno de los varios millares de matches que llevaba acumulados en su multitasking diario, y cuando estaba completamente prohibido hacerlo.

¿Seguro que te tomas el antídoto?, le pregunté una mañana a bocajarro. Estaba sulfurada y sus brazos se movían en frenéticos aspavientos. Ehhh, sí sí sí, fue diciendo mientras contestaba en un teléfono, se desplazaba a otro y tecleaba dos o tres frases, ya sin consultar protocolo alguno.

Vale.

Cambió el sentido de mi deseo hacia ella. Y si por casualidad ahora veía su torso desnudo por estar inclinada hacia los móviles, eso es lo que veía a secas, un torso desnudo inclinado hacia los móviles y nada más. Ur también era mecánica, de alguna forma. Cada día, a la misma hora, una canción, sin mediar palabra a lo largo ya de varias semanas. Parecía poder nutrirse solo de eso. Ni siquiera un mensaje propio. En los rutinarios correos matutinos en que se informaba sobre los últimos avances en Investigaciones sobre el Halo una y otra vez se volvía a la fuente, Constantin. Desde él, realmente, no había habido avance alguno en Investigaciones sobre el Halo. Solo variaciones de interpretación. Escolástica. *El usuario infectado buscará satisfacciones a través de bucles en la compulsión. Si la compulsión resulta estable en la dosis de satisfacción recibida, el infectado no dará por definición paso alguno en busca de una satisfacción mayor*. Hacía ya semanas que no sabíamos nada de Fukuoka. Aunque yo sabía que volvería a verlo, como se vuelve a ver siempre a lo lejos a un maestro, una vez que la enseñanza ha sido transmitida.

Como maestro de mi persona, Fukuoka lo único que hacía era advertirme. Si vas a visitar a tus padres tendrás que sortear los bucles emergentes e ir con cuidado con vuestro vínculo emocional. Lo mismo que con tu chica. No es mi chica, dije. Tu lo-que-sea-con-vínculo-emocional, entonces. Te recomiendo antes y después una serie de prácticas que ayuden a mantener la homeostasis de tu cuerpo, por si el antídoto fallara. Y así, me encontré en el ascensor de casa de madre, inspirando y respirando con el abdomen y tapándome alternativamente cada una de las fosas nasales, con los ojos cerrados, meditando en la imagen de un bosque, tal y como había sugerido Fukuoka. Pero cuando madre abrió la puerta no recibí ningún impacto. Sí pareció recibirlo ella al abrazarme. Al separarnos me dijo: Hijo, ¿estás bien?, como si hubiera percibido mi turbia procedencia. Pasamos al estrecho salón. El sofá había sido ubicado junto a una vibrante nevera. Estaba meditando cuando llamaste al timbre, dijo madre. Nos servimos un té, ambos sentados en el diminuto sofá, mirando al frente, donde no había ningún televisor, sino una mesita y una colección de casas en miniatura. Madre, hay algo...

Dime, hijo.

Algo está pasando, madre.

Quería advertirla de alguna manera para que se protegiera. Pero no podía hablarle de La Cúpula ni de la naturaleza del Halo. No podía revelar nada bajo pena de ser expulsado. Esas habían sido instrucciones estrictas de Fukuoka.

¿Algo está pasando?

En el mundo, madre, algo muy malo está pasando.

Madre se volvió hacia mí y me miró desconcertada:

¿Me dices a mí que algo está pasando?

Sí, sí, ¿lo notas tú también?, dije con fervor, una vez más sorprendido por la afilada sensibilidad de madre. Pero su mirada puesta en mí expresaba más bien otra cosa:

¿Y ahora te das cuenta, hijo?

...

¿Ahora te das cuenta de que algo muy malo está pasando?

No supe qué decir. No hablábamos de lo mismo. O tal vez sí hablábamos de lo mismo. Ya no sabía expresarlo. Tras el té, madre sugirió hacerme un poco de reiki. No veía claro el equilibrio de mis chakras. Pasamos a la habitación donde dormía. Había desplazado la cama individual, en la que me tumbé, hasta una esquina por las goteras. Dijo que un día se había despertado en medio de la noche y llovía sobre ella. Aguardaba desde hacía meses las reparaciones. Cierra los ojos, me dijo, y relájate. Y eso hice, y pensé entonces en la ciudad que estaba construyendo y en las casas que allí había edificado. Si serían más amplias, si tendrían también sus goteras. Dejándome ir, penetré lentamente en un sueño mientras notaba afuera el calor de las manos de madre, moviéndose. El protector no era yo sino ella. Todas las advertencias e indicaciones que quería comunicarle para que no usara en la medida de lo posible el móvil ni el *router* se desvanecieron en ese trance. En el fondo de esa operación de puesta a punto de mis chakras, intuí que a ella no le haría falta ningún antídoto. Acudí luego a casa de padre en un estado flotante. En general, solía espaciar los encuentros con madre y con padre. El contraste podía resultar duro. Padre vivía en un dúplex con habitaciones en desuso y largos pasillos en los que se podía admirar una vasta colección de sombríos minerales. Su voluminosa y estoica figura me aguardaba en el comedor, en el sillón de orejas ubicado en un extremo de la mesa.

Los espaguetis carbonara no llevan crema de leche, anunció una vez que estuve sentado frente a él, al otro lado de la mesa.

Lo sé, padre.

¿Todo bien?

Todo bien, padre.

¿La vida, el trabajo, amor, novias?

Bien.

Perfecto.

Así atacamos los espaguetis. Admiraba su talento culinario. También el hecho de que apreciara el silencio a la hora de comer. Y en general en cualquier momento. Pero en esa ocasión levantó la cara del plato y con la boca todavía masticante me dijo:

Pronto es tu cumpleaños, ¿qué regalo quieres?

No esperaba que me hablara. Y mucho menos que preguntara por un posible regalo. Por lo general, me hacía un ingreso sustancioso en la cuenta bancaria y ese era todo el regalo. Ahora insistía en que le hablara de mis preferencias. Deleitado por esos espaguetis se me ocurrió sin pensarlo mucho que quería una impresora láser monocromo. Muchas veces había tenido la fantasía de la escritura, de imprimir largos documentos publicables que serían encontrados después de mi muerte.

Pues mira, me gustaría una impresora láser monocromo. Es algo que siempre he querido, dije.

¿Una impresora láser monocromo?, dijo padre degustando, supongo, los términos de mi enunciado mientras en paralelo seguía absorbiendo espaguetis.

Sí, quiero imprimir solo en blanco y negro, texto, y muchas páginas. Por eso láser.

Entiendo, dijo padre. Y, tras una pausa que aprovechó para tragar, añadió Pero oye...

¿Sí?

Mmm... ¿No te gustaría más un estuche de colores?

No entendí el sentido de la pregunta. Nunca había pensado yo en mi vida en la posibilidad de tener un estuche de colores.

¿Un estuche de colores? No, padre, lo que me gustaría es una impresora monocromo. Para imprimir texto.

No, ya, si por eso lo digo, un estuche de colores sería lo ideal.

Te estoy diciendo que...

Un estuche de colores y así te haces pintor, dijo padre.

Bien, me dije, *esto es el bucle*. Aquí sí está la cosa. O tal vez no, tal vez mi padre es así y está envejeciendo. Esa dualidad superpuesta no cambiaba el hecho de que había que salir de ahí:

No, padre, lo que quiero es una impresora monocromo.

Pero si un estu...

Repito: una impresora monocromo. Una impresora monocromo.

¿Y el estuche no...?

Una impresora monocromo.

Pero...

¡Padre!

También nos habían encargado identificar *fake news*. Ese era el orden del día para mí y para Ju algunas mañanas. Por cada noticia y anuncio captado por nuestros robots, la inteligencia artificial de La Cúpula realizaba un *fact check* automático. El volumen de *fake news* en circulación era un indicador secundario fiable de densidad del Halo. O eso me habían dicho: que nuestro medidor de densidad del Halo no medía propiamente ninguna cosa llamada Halo, sino un conjunto de elementos secundarios masivos que, sumados, hacían el Halo. Y que separados no eran nada más que pequeñeces, como el volumen total de *fake news* circulante, o la intensidad de colocación de backlinks automáticos en las páginas web; incluso había variables en apariencia ilógicas que servían para identificar la densidad del Halo: si llovía o no, es decir, la climatología; pero también era una variable el porcentaje de matches que el algoritmo de Tinder concedía un día determinado a los usuarios de una región.

Todo eso era el Halo, me dijeron. Nos pasaban pequeños PDF en nuestro servicio de correo privado en Proton, donde figuraban en ocasiones textos de Constantin escaneados en los que se esbozaban retazos de teorías. Según Constantin, si Tinder estaba aflojando y estadísticamente se estaban produciendo más matches que en el pasado, con el algoritmo desbocado teníamos en consecuencia y evidentemente un indicador claro de que el Halo se movía en una dirección. ¿En qué dirección? Está facilitando las relaciones con fines reproductivos, decía Constantin.

¿Qué haces?

Recibí el mensaje de Ju cuando ya estaba en la cama. ¿Alguna vez Ju me había escrito de esta manera?

Nada, ¿por?, contesté.

Quiero verte.

Pues estás en la habitación de al lado.

Espera. Te aviso.

Lo leí todo tapado por la sábana, como ocultándome ante alguien que estuviera vigilándome en la habitación. No había nadie. El mensaje era real. Allí estaba. Salté de la cama, me quité el pijama y me vestí, aunque fuéramos a encontrarnos dentro de la casa. Cuando iba a salir de la habitación recibí otro mensaje.

Oye, ¿te importa si se pasan un rato unos amigos?

Miré el reloj: eran las dos de la madrugada. Sobre la puerta una tenue luz roja mostraba la consistencia duradera del Halo incluso por la noche: luces de emergencia en la casa. No podía venir nadie que no tuviera el antídoto, eso estaba claro. Y, en general, no *tenía* que venir nadie si estábamos quedando en la oscuridad de la noche ella y yo, de forma salaz, intempestiva. Pero estaba viniendo alguien.

Pero ¿esta gente que viene tiene el antídoto?, le escribí.

Contestó a los veinte minutos. *Claro que tienen el antídoto.* Y aunque era evidente que me mentía, no reaccioné. Me quedé sentado en la cama esperando con mi vestimenta improvisada hasta que llamaron al interfono. Ju salió de su habitación y al pasar por la mía dio dos golpes a la puerta

Anda, sal, dijo, y yo me incorporé maquinalmente, ajustándome el cuello de la camisa, dispuesto a salir a la cita.

¿Malcom no estaba en casa? Ju se acercó hasta mí dando brincos. Ella iba en pijama. Ya verás, te van a caer genial mis amigos, dijo extrañamente vivaz, y me cogió de la mano y me llevó hasta el recibidor, donde aguardamos con la puerta abierta en un expectante silencio a que el ascensor bajara de nuestro piso hasta la planta baja y lentamente volviera a subir envuelto de brumosas voces. Su pijama era de tipo veraniego. Ju se apoyaba en el marco de la puerta con el brazo derecho levantado hacia arriba, de tal manera que yo podía ver su axila y podía ver la curva elevada de un pecho, creo, un pecho que muchas tardes había imaginado de manera, supongo, patológica; el centro, la fuente emanadora. Al abrirse la puerta del ascensor aparecieron dos chicas acompañadas de dos maromos.

Entraron.

Éramos seis y las parejas estaban claras. Pasamos al salón sin que nadie pareciera prestar atención a los complejos cableados y sistemas informáticos que ocupaban el pasillo hasta la sala de ordenadores, ahora cerrada pero automatizada y en plena actividad mientras nos disponíamos a drogarnos. Los servidores llevaban ya horas lanzando a los robots de crawleo y análisis para ejecutar rastreos. Lo que necesitaba saber de inmediato La Cúpula era el nivel de dominación del Halo en el posicionamiento mundial. Mientras Lotte, una de las invitadas, abría un sobre de Speed y otro de MDMA que yo miré con ojos ávidos,

131

nuestros robots Ropens se enfocaban en determinar cuántos seres humanos quedábamos en los resultados del motor de búsqueda tras el acontecimiento de la propagación del Halo. Si es que quedaba alguno.

Ju se sentó junto a mí, aunque quien enseguida me pilló por banda fue la otra chica, llamada Patricia, seguida por su sombra, un individuo que la cortejaba. Fue ella, Patricia, y no Ju, quien me puso rústicamente en la boca el M, mientras me miraba con unos ojos huecos, y me decía:

Pues verás, yo es que siempre he tenido habilidad para los negocios, sabes. Como que no me lo creo mucho, toma, chupa esto, pero desde hace un tiempo con el yoga y tal algo ha cambiado y, sabes, no sé, he visto que podía creer en mí, y que yo era, ¿sabes qué quiero decirte? Que yo era... El M sabe bien.

Mis ojos se posaban compasivos en el pobre muchacho que acompañaba a Patricia. El petardo ese se había relajado en el sofá ahora que ella me había pillado por banda para soltarme el rollo:

Así que me dedico a asesorar a empresas sobre su imagen corporativa, y les digo por dónde tienen que tirar y tal, o sea, y decoro sus oficinas también, dijo.

Ah, dije, buscando en todo momento, claro, con el rabillo del ojo, a Ju, que hablaba con Lotte y su esclavo en otro pequeño grupo —no el mío, recalco—, en esa pequeña reunión. ¿Cómo es eso de que decoras oficinas?, pregunté.

¿Ya te sube?, dijo.

Es posible, dije.

Me llaman para que les cree espacios porque, claro, soy...

¿No le das a tu amigo?, sugerí bajando la vista hacia el saquito y luego mirando a su compañero.

¿El qué?, dijo Patricia. Claro, soy muy creativa y como que me pones en un sitio, aquí, por ejemplo, en este salón con estos cables y, o sea, veo, visualizo, veo cómo tiene que...

Pero dale algo, ¿no?

Sí, sí. Veo la forma, los muebles, no sé. O sea, es... no encuentro las palabras para explicarte. Es...

¿Es un poder?, pregunté.

¿Qué quieres decir?, dijo parando en seco, encandilada supongo por las posibilidades de *tener* un poder, ¿qué quieres decir con un poder?

No sé, quizá tienes un raro poder decorativo.

¿Un raro poder decorativo?, repitió tal vez esperando a que yo volviera a repetirlo. A sus espaldas su *partner* le miraba la cabellera con admiración. Parecía que mis adulaciones hoteleras le beneficiaban también a él de alguna oscura manera.

Sí, dije sin dejar de mirarlo a él. Tienes el poder de decorar a tu gusto espacios y objetos, eso es lo que me querías decir, ¿no?

A ella le engolfaba todo eso cuando yo, en verdad y desde el principio, pretendía abandonar esa conversación para engancharme, por decirlo así, a la otra conversación que se había formado en el salón, donde estaba Ju, el origen de aquella fiesta improvisada y mi desvelo, y su amiga llamada Lotte, y...

Uau, ¿en serio crees que tengo un poder?, dijo Patricia.

... Atila, su acompañante de misterioso nombre, a quien tampoco perdía de vista por la posición semitumbada que adoptó tras hacer su chupadita y la rara mirada vidriosa que se le quedó posada en la lámpara. Esa gente no había tomado ningún antídoto, sin duda. Si había Halo, estaban bajo los efectos del Halo. Pero la droga penetraba

133

en mí, y el deseo y la disponibilidad para dejarlo todo atrás con tal de poder amar un rato crecían.

O sea, ¿crees que tengo un poder como, como... un superpoder?

Fijé mis ojos en sus ojos y nos miramos en silencio.

Lo creo, Patricia.

Ella parecía estar a punto de llorar. Se llevó los puños a la boca.

Lo creo Patricia, *tienes un poder.*

Uau, dijo. Uau, es verdad..., sí...

Me miraba y los ojos le brillaban. La estaba haciendo feliz.

Pero, pero... Sí... No... ¿En serio crees que tengo un poder?

Te lo acabo de decir, Patricia, *tienes un poder,* volví a decir percibiendo ya como un volumen deforme el viejo y cada vez más reconocible aroma del bucle hálico en su ser.

¿De verdad?, dijo con un gritito agudo que quedó eclipsado por los puños que le cubrían la cara casi hasta los ojos empañados. Pensé en la función de las lágrimas en la formación de campos hálicos, descrita en un comentario al pie de Constantin en el *Libro negro.* El infectado, a falta de palabras para expresar el dolor y el placer, llora muchas veces sin saber por qué. Suerte que yo tenía el antídoto.

¿De... de... verdad tengo un poder?, volvió a repetir.

Me quedé mirándola. Intercalaba la mirada con vistazos al tipo que estaba a sus espaldas, que había recibido su dosis de droga y había extendido un silencio secundario sobre su silencio inicial. Y no dejaba de estar pendiente del otro grupito. Desde su formación y desde que la tal Patricia me había pillado por banda, Ju y yo, creo, habíamos intercambiado alguna mirada significativa. La clase de mirada que dos personas intercambian en una fiesta. Una mirada que ya no era gélida. También la clásica mirada que, con M, uno puede confundir con cualquier mirada. Pero me aferré a ello con confianza y cuando vi que Patricia había entrado en el bucle de su propia adoración solipsista —¡Ha dicho que tengo un poder!, le declaraba a su acompañante, que asentía—, lentamente roté mi cuerpo hacia el otro grupo, dejando atrás a aquella pareja en su lado del sofá.

En la otra conversación la amiga llamada Lotte llevaba la voz cantante. Al ver que me incorporaba, se dirigió directamente a mí sin introducirme en el discurso

Entonces lo que hago es que me llama el pavo para darme las llaves y entonces quedamos en el aeropuerto, él se las pira, y yo vivo en su casa y se la decoro con una tarjeta de crédito que me deja.

Ajá, dijo Ju, inclinada hacia su amiga y no hacia mí, con la barbilla apoyada en la mano y escuchando lo que decía.

Entonces, nada, como que me pongo en el medio del salón el primer día y siento las energías. Y... no sé cómo explicarlo, dijo, es como... como...

¿Como un poder?, sugerí.

¡Exacto!, gritó. ¡Es como un poder!

Atila había rotado lentamente su cabeza hacia mí y me miraba con curiosidad. Había algo en él que no acababa de encajar. En toda aquella conspiración podría haber cumplido la rara función del espía. Lo que no sabía era de qué bando, ni de qué máquina, ni ya de qué persona, si es que allí quedaba alguna persona. Porque, fijándome en Ju y en su postura vagamente lésbica hacia Lotte más allá del efecto de la droga, pensé, intuí, no sé por qué, que ella tampoco había tomado el antídoto. Pero fue una conclusión difusa, sin sustancia. Porque subía en mí el deseo, y se propagaba fuera de mí el amor contra mi voluntad bajo los efectos del M, que de alguna forma debían de ser contradictorios con los de cualquier antídoto mercurial, quién sabe, y los ojos de Lotte me capturaron.

No sé cómo lo hizo.

De pronto estaba en sus ojos, habitaba la pupila mustia de esa mujer; viajé por las manchas de su iris y pude apreciar, de acuerdo con lo que señalaba Constantin, cómo cambiaba su tamaño de un segundo a otro, enferma, penetrada, poseída por el Halo y los efectos vaporosos y totales que ahora se sumaban a las chupaditas, más adentro de sus pupilas negras, y alguna raya de Speed, hacia el fondo de las sinapsis cerebrales de esa persona, Lotte, que pude sentir eléctricas y *terroríficamente* mecánicas. Los flujos eran binarios cuando deberían haber sido multidimensionales, como sugería Constantin que se podía intuir como imagen de fondo; la dualidad y su bucle eran el motor neuronal de algo que había sido cuántico alguna vez. *Estamos siendo desconectados*, decía Constantin en el *Libro negro*. El centro de Lotte, entonces, sin haberla conocido yo antes ni haberla visto nunca más después de esa noche, me pareció rocoso, mineral. Había desfiladeros con surcos tallados en la piedra que indicaban antiguos flujos de maná. Había piedras astilladas de bordes afilados por efecto de la desestructuración del centro, el fin del sentido, el principio del bucle. Constantin decía que en el mito de Narciso estaba el misterio. Eso fue lo último que pensé absorto en los ojos de Lotte mientras ella, creo, explicaba cómo había decorado el piso del tipo ese de la tarjeta de crédito con el que, de paso, se había acostado, dijo. *No es el hecho de que Narciso concentre su mirada en su reflejo*, escribió Constantin, *la tragedia reside en la necesidad de tener*

que preguntarse una y otra vez si uno sigue siendo hermoso, a
pesar de que la respuesta sea todo el tiempo sí, claro que sí.
Claro que sí:
Sigues siendo hermoso.
Al salir de esos ojos ya no éramos seis sino siete. Malcom había llegado. No se sabía si salía de su habitación o si aparecía de la calle, pero al entrar en el salón arrojó sobre la mesa unos sobrecitos como carta de presentación: DMT.

Venga, venga, venga, dijo mientras daba un rodeo a la mesa del salón y venía a ubicarse, precisamente, entre Ju y yo en un espacio del sofá que nadie le había reservado. Se inclinó sobre la mesa mientras el resto lo mirábamos callados. Excepto el tal Atila, que ahora me miraba a mí. Porque Ju podría decirse que, mirándome, echándome miraditas de vez en cuando, no me había mirado en absoluto hasta el momento. Podría decirse, ya entrados en el jolgorio de esa fiesta de drogadicción –yo no sabía qué era eso del DMT–, que el tal Atila sí me estaba *mirando*. Y que yo aun así la seguía escogiendo a ella, ahora Malcom corpus mediante.

¿Se puede mezclar?, preguntó entonces Atila sin dejar de mirarme.

Mezclar el qué, dijo Malcom, quien manejaba sobre la mesa el DMT para que pudiéramos fumarlo. Se veía que allí estábamos congregados muchos drogadictos porque la cháchara sobre decoración había cesado y casi todos los ojos se posaban ávidos en el DMT.

DMT, MDMA y Speed, dijo Atila, cuyos ojos se posaban en mí.

Sí, y Coca-Cola, dijo Malcom.

Se puede mezclar, entonces, dijo Atila.

Joer, claro que se puede.

137

Vale.

Lo extraño es que no recorría mi cara en una especie de concentrada búsqueda. Más bien posaba su mirada en algún punto de mi entrecejo que no eran mis ojos mientras hablaba.

Perdona, acabé por decirle, ¿tengo monos en la cara?

No se lo dije así. Le dije: «¿Me pasa algo en la cara?» o «¿Tengo algo?».

Veo tu aura, dijo.

Atila tiene poderes, dijo Lotte, ¿vamos con eso o qué?

Veo tu aura, volvió a decir Atila.

¿Qué?, dije.

Vamos, dijo Malcom.

Me levanté inquieto y él siguió con la mirada fija en mi entrecejo

Atila, habla. ¿Qué le pasa a mi aura?

Pues que la veo, dijo.

Este está colgado, dijo Lotte.

Tu aura negra, dijo Atila.

Tenéis que tomar la dosis exacta, ni más ni menos.

Tu aura negra, volvió a decir Atila.

Son quince minutos.

Negra. Lo había dicho lentamente mientras se levantaba y se acercaba a mí abriéndose paso entre Lotte, Ju y Malcom, quien continuaba con las instrucciones.

Tomar más o tomar menos de la cantidad exacta no sirve de nada.

¡Tu aura negra!, dijo Atila ahora señalándome.

Pero, bueno, a este qué le pasa.

Chu chu chu, Atila, baja aquí, anda, baja, bonito, dijo Lotte volviendo a colocarlo en su sitio.

Vamos, dijo Malcom.

Yo también volví a sentarme. Me habían hablado del

DMT como de la experiencia del punto ciego donde la totalidad se despliega y cierra: la muerte. Nunca lo había probado, pero no dije nada para no quedar mal. Hubiese querido fumarlo sentado junto a Ju y tocando su piel. Morir en el afrodisíaco final del solipsismo de ella. Y sin embargo tendría que conformarme con la piel rústica de Malcom y con enfrentarme a solas a mis propios demonios polimórficos en ese breve viaje. Me vencí en el sofá y el foco se cerró mientras otro foco interior se abría. Quienes estaban en ese salón se me hicieron presentes y al mismo tiempo desaparecieron a través de vaporosas figuras geométricas. Fractales. Que también empecé a ver sobreimpresas en la pared. Y lo expresable dejó de poder ser expresable. Y en medio del viaje apareció el día en que Ur y yo decidimos ir a vivir juntos. No quiero ver a Ur ahora, recuerdo que pensé sin palabras, *no quiero* ver en una sola imagen el año que pasamos en la nueva casa. Y allí estaban mis antepasados, quienes me hablaban con insultos. Y allí estaba la superposición de las vidas anteriores que me habían llevado a esta. Donde Ur y Ju y Malcom aparecían reencarnados en gatos y perros y polillas, por ese orden, con los que traté en otra existencia, y de otra forma, en otro tiempo. Polillas fue lo último que vi antes de regresar del viaje. La frase más hermética de todas las frases que dijo Constantin, sobre la contextura del Halo y la morfología fundamental del mismo: *La forma final y primera es la luz, aunque la luz no tenga forma.* Y cuando volvimos, solo éramos tres. Malcom, Ju y yo. Ni rastro del resto de los invitados más allá de los papelitos del Speed sobre la mesa. Se habían marchado. Apareció entonces en mi cabeza el arcano mayor de Los Enamorados en el tarot como última imagen alucinada.

139

El triángulo es mi némesis, como para otros lo es el cuadrado, o la imposibilidad de concebir el círculo. Malcom, Ju y yo no éramos un triángulo posible. Eso no podía ser. Ni siquiera a través del Speed, ni del M, ni por la acumulación del DMT y la experiencia de la muerte ni en el total efecto serotoninérgico que se estaba dando en nuestros cerebros. Ni siquiera con la más loca combinación química que pudiera concebirse ese triángulo podía darse. Y sin embargo, al quedarnos los tres, fue lo primero que percibí: *ellos ya están liados y yo soy el epígono, la cosa colateral.*

¿No era yo quien me inclinaba hacia ellos mientras ellos ya estaban previamente inclinados entre sí? ¿Podía mi inclinación, ahora, póstumamente, cambiar en algo su inclinación previa? Y sin embargo Ju me había dicho Qué haces y Quiero verte y me había recogido en pijama poco antes con la vaga promesa de.

Buff, dijo Malcom recostado en el sofá.

Ya ves, dijo Ju.

¿Iba a unirme yo a la cháchara del drogadicto habiendo descubierto las cartas mi posición incierta?

Sí, ¿no?, acabé por decir también, mirando al vacío. Pero:

Ya ves, dijo Malcom.

Ya ves, dijo Ju.

Ya ves, dijo Malcom.

Me volví hacia ellos. ¿Perdón?

Malcom me miró con ojos vidriosos: Ya ves.

Sí, ¿no?, dijo Ju.

A saco, dijo Malcom.

Ya ves, dijo Ju.

¡Eo! ¿Estáis ahí?, dije yo incorporándome algo asustado.

Ju me miró: Sí, ¿no?

Ya ves, dijo Malcom.

A saco, dijo Ju.

En ese momento y en ese salón el mundo se había reducido a esas tres intervenciones: *Ya ves, Sí, ¿no?* y *A saco*. Ignoraba si estaban de cachondeo o si, realmente, se había enquistado algo en su cerebro. Malcom decía A saco y Ju replicaba Ya ves. Para que Malcom dijera, a su vez, Sí, ¿no?, a lo que Ju contestaba A saco, en un hipnótico vaivén sincrónico y acompasado que no bloqueó la percepción sutil de sus manos gelatinosas entrelazándose nerviosas bajo la manta, a través de mi figura, sin tocarme, sin que ninguno de los tres dejáramos de mirar al vacío de la pared de enfrente.

Bueno, voy a poner una canción, dije. Me incorporé y atravesé el salón hasta el tocadiscos. Aunque no iba a poner ninguna canción. Mientras miraba los discos y a mis espaldas se elevaba un tenso y paulatino frufrú bajo la manta, me corregí.

Mejor me voy a la cama.

Sin que nadie opusiera resistencia –Ju miraba petrificada al frente quién sabe qué oscura mancha de la pared–, salí del salón y me metí en mi habitación.

Tumbado en la cama a oscuras, boca arriba, escuché:

¿Crees que se habrá enfadado?

Mmmm..., sí, ¿no?

Jaja... Ya ves.

A saco.

Cerré los ojos y traté de conciliar el sueño. Mi mente buscaba comprender qué había pasado entre que Ju me había escrito *qué haces* y el momento en que había decidido desviar su objeto de deseo hacia otra parte. Nada me había sido notificado y nada, propiamente, había ocurrido en lo que yo pudiera tomar decisión alguna. ¿Había jugado perversamente o el Halo había representado un papel ahí? ¿Quería *algo* o me quería a mí? ¿Me quería a mí porque yo era *algo*? Trampas del lenguaje. ¿Alguien en esa casa, aparte de mí, se estaba tomando el antídoto? Tras la brecha del Halo se me había hecho difícil distinguir entre qué estaba dentro y qué estaba fuera, cuáles las mentes subyugadas por el campo y cuáles las protegidas por el antídoto. No pude dormirme. Estaba atento al silencio que a veces me dejaba escuchar algo de lo que estaba ocurriendo en el salón. Besos ligeros, lentos, probablemente apasionados. ¿Sexo? Cerré los ojos con la atención absorta en ese silencio, tanto que mi mente imaginó más de lo que quiso mientras se abstraía hacia cierto sueño, cierto estado onírico-masoquístico. Del que salí de golpe porque me había sonado y vibrado el móvil en el bolsillo.

¿Qué haces?, me había escrito Ur.

No pude llegar a reaccionar porque en ese momento también apareció Ju en el umbral de la habitación.

Víctor.
¿Ju? ¿Eres tú?
No podía evitarlo. No podía evitar exaltarme.
¿Puedo dormir contigo?
¿Qué haces?, me había escrito Ur. Ju se metió en la cama y sentí su voluminoso y deseado cuerpo acomodándose; aspiré su fragancia. Un *qué haces,* supongo, que también era alguna clase de invitación velada para esa misma noche. Toqué con suavidad la cintura de Ju y escuché un ronquido: se había quedado dormida junto a mí nada más echarse. No se podía decir que la impulsara el deseo. Yo me acodé a ella formando cucharita y pegando mi nariz a su cabello. Aspiré de nuevo. Tal vez era lo que más me gustaba, aspirar, absorber, y traté de dormir un rato.

A las pocas horas –todavía no había amanecido– me desperté con una erección. Traté de despertar a Ju, pero su cuerpo no respondió, fúnebre; KO. Alargué el brazo sobre ella para alcanzar la mesita de noche donde había dejado el móvil. En respuesta a su *qué haces* le sugerí a Ur que nos encontráramos. Había llegado el momento de encontrarse, antídoto, Halo, o lo que fuera mediante.

Por la mañana Ju ya no estaba allí. En el teléfono móvil Ur había contestado a mi mensaje. Me duché y me dirigí a la sala de ordenadores, donde no había nadie. Al encender el ordenador, tenía nuevas instrucciones de La Cúpula en pantalla. *A partir de ahora es necesario tomar la nueva versión de antídoto mercurial cuatro veces al día, sumada al antídoto saturnal. Te hemos asignado un nuevo dominio de tu estilo. Además del excelente trabajo que estás haciendo con los backlinks de pornografía, queremos que posiciones arriba en los resultados de búsqueda la página web Recuperaatuex.com. Hemos detectado vulnerabilidades en los procesos mecanizados de seducción. Necesitamos desviar ese tráfico todavía no infectado a nuestros dominios.* Leía la nota en el silencio de la sala de ordenadores. En la que no había nadie y reinaba el desorden.

Di algunos rodeos a la manzana antes de llegar al punto de encuentro. Quería ver a Ur desde lejos. Quería que su imagen se formara poco a poco. En los momentos previos a verla sentí que la quería sin remedio ni solución mientras al mismo tiempo la detestaba. Por eso llegué por la espalda. Nos reconocimos y fue inmediato. Ella se giró e hizo ademán de levantarse, pero yo fui quien se sentó primero. Largo abrazo a través de la mesa. Su timbre apocado de voz. El tiempo se había plegado: no nos habíamos separado nunca. Con su presencia física, el rencor que sentí durante días y meses ahora me parecía una cosa rara, lejana. Cenamos torpemente, bebimos vino, hicimos resúmenes opacos de nuestras vidas en esos meses. A los pocos minutos de levantarnos de la mesa ya nos besábamos con furia y desesperación por la calle. Tenía presente nuestro último encuentro bajo los efectos del Halo en el funeral de mi abuela. Cómo Ur también se había abierto hacia mí, me había buscado, para luego tomar una brusca distancia cuando perdió consistencia la brecha. Pero en ese momento todo paralelismo me daba igual. Ante la posibilidad de dar amor a la persona más amada, decidí dar amor a la persona más amada. Ante la posibilidad de recibirlo a su vez, me abrí de nuevo como un viejo grimorio de genuinas alquimias. ¿Era ella? Nos tocábamos tímidamente las extremidades. Nos contábamos a medias lo que habíamos hecho en ese tiempo. Así acabamos en las puertas de una discoteca.

Quizá la experiencia mayor de resurrección sea palpar lo que la mente ha desintegrado. Su piel. Ella lloró y yo también. En la fila para entrar en la discoteca otras parejas nos miraban y se preguntaban si estábamos discutiendo, si estábamos volviendo, si estábamos rompiendo. De estar allí, Braier habría dicho: *Teme al instintivo y caprichoso Ello, única fuente del dolor que viene de dentro. La cadena de los significantes no podría nunca expresarlo con un aullido lo suficientemente claro y preciso.* No llegamos a entrar en la discoteca.

A pesar de la advertencia de Fukuoka y de la funesta mirada de Ju, ese intercambio me hizo pensar que esa cosa llamada Halo no estaba allí. Porque la reconocía. Reconocía a Ur. La certidumbre de que su deseo era cierto, escuchar su propia voz afirmarlo, me hizo creer que no había ninguna fuerza artificial que mediaba entre nosotros, nada, por mucho que me advirtieran, y me dijeran, y estuviéramos en estado de alerta con cuatro chutes de antídoto mercurial diaforético al día colocando backlinks a destajo en la red, y yo hubiera visto una ciudad entera subterránea. Nos amábamos, decíamos. Íbamos por la calle cogidos de la cintura y dando tumbos y cuando ella dijo: ¿Y ahora qué?, la invité a casa.

Atravesamos el pasillo del piso a oscuras, cogidos de la mano y en silencio para no hacer ruido ni despertar a nadie. Ni rastro de Ju o de Malcom. Nos tumbamos en el sofá de mi habitación y nos recorrimos redescubriendo otra vez con una familiaridad extraña lo que no habíamos acabado de olvidar todavía. La ensoñación submarina duró hasta que, ya completamente desnudos y cachondos, me di cuenta de que la única cosa posible iba a ser otra vez la masturbación mutua. El Halo se hizo presente con su brutal efecto castrador. Pero nos dimos placer y caímos juntos en el mismo flujo antiguo. Pasé parte de la noche despierto contemplándola mientras dormía. El efecto de tenerla allí era fantasmagórico. Alargaba la mano y podía rastrear el contorno de sus hermosas y anchas caderas desnudas. Podía tocarle la nariz con mi nariz, si quería. Oler una y otra vez su cabello, mientras durara la noche. En algún momento, exhausto, incapaz de retener y memorizar más, y sabiendo que además lo iba a olvidar, me dejé ir y también me dormí. Por la mañana, Ur ya no estaba allí.

Acababa de entrar en la cocina y me disponía a servirme un café cuando llegó Malcom alterado.

Eh, ¿quién es esa tía que ha estado contigo esta noche?

¿Esa tía?

Sí, esa tía, que quién es.

Era Ur.

Malcom iba a seguir increpándome pero se quedó con la boca abierta. La cerró y levantó las cejas:

¿Ur?

Sí, Ur.

¿La Ur de los poemas? ¿Esa Ur?

Que sí. La Ur de los poemas.

Empezó a esbozar una sonrisa pero se detuvo y su rostro se puso otra vez serio.

Tío, estás loco.

¿Loco por qué? Surgió y estuvimos juntos. Nada más.

No, no lo digo por eso.

¿Entonces?

¿Cómo se te ocurre meter a una infectada en casa?

¿Qué?

Que Ur no toma ningún antídoto, ¿no?

Lo miré. Iba a mencionar la fatídica fiesta. O peor, sus conductas erráticas de infectado, pero opté por seguir el juego, si es que había juego.

No.

Se acercó a mí y me tendió el móvil. Dale al *play*, dijo. Lo que se veía en pantalla era una grabación de la cámara de seguridad de la sala de ordenadores. En ella, las luces de los ordenadores y del servidor central parpadeaban intermitentes.

Espera, dijo Malcom.

Al decirlo apareció en pantalla una figura femenina irreconocible debido a la oscuridad. Pero por su movimiento vagamente rígido reconocí a Ur.

¿Qué hace ahí?, pregunté.

Eso me pregunto yo.

A continuación, la figura se desplazaba entre las mesas en dirección a la cámara. Al acercarse se delinearon los rasgos de Ur hasta que su cara ocupó prácticamente toda la pantalla. Tenía los ojos cerrados. Luego, se cortaba la señal: error en la grabación.

No sabemos qué ha ocurrido durante media hora. Luego la cámara vuelve a grabar.

Estaba confuso. Lo que yo recordaba era haberme quedado dormido, extasiado, junto al cuerpo también extasiado de ella. Malcom me dio un golpe en el hombro.

Tío, ¿qué te pasa?

Es que no entiendo.

Vamos a resetear todos los aparatos de la sala y a habilitar otro camino en la red. Es posible que nos haya infectado los sistemas.

¿Ella?

Según como se mire, sí: ella.

Ella es sonámbula. Seguro que ha sido un acc...

Esto no es un juego, Víctor: no vuelvas a traerla.

No sabía qué decir. Malcom solía tener buen humor y un temperamento bromista, y ahora sonaba serio. Tampoco olvidaba el raro comportamiento de dos noches antes, supuestamente atribuible a las drogas, del que no se hizo mención alguna. Salió de la cocina y yo me dispuse a preparar el café. Al encender la máquina descubrí que el filtro estaba obstruido y eso provocó que saliera un hilo viscoso de café que apenas rellenó mi vaso. Me había quedado mirando su lento enrollarse en el fondo del vaso todavía perplejo por la ausencia de Ur cuando entró Ju en la cocina. No nos habíamos dicho nada. Al sentir pasar a Ju a mis espaldas hice un ademán de saludo con la cabeza que supongo no debió de notar. Se sentó en el banco de la mesa con el ordenador portátil. Me giré y quedé apoyado en la encimera con el imbebible café en la mano, mirándola.

Me miró y sostuvo la mirada.

Ya lo viste en el funeral. La Ur que has visto no es la que conoces de verdad, dijo.

La Ur del funeral también fue de verdad, contesté.

No mientras estuvo la brecha, y ahora la brecha es permanente.

Le daré el antídoto entonces.

Ju seguía sentada sobre el banco de la cocina, con la espalda apoyada en la pared y las piernas sobre el banco. De lado. Cuando hablaba, miraba al frente y yo veía su perfil al otro lado de la mesa.

Si se lo das es posible que ocurra lo que pasó la otra vez.

Qué.

Que deje de buscarte y siga rehaciendo su vida sin ti.

Mientras hablaba, escruté sus rasgos, la forma que tenía de mover la boca y esos labios extrañamente magnéticos. Ju tenía razón.

Pero esto es lo que siento por ella. Siento que la amo.

Todo esto suena patético, tío, resopló Ju.

Bueno vale. La verdad es que no puedo controlarlo. Ur es... la forma en que nos dejamos... Yo no estuve bien.

A mí nunca me pareció que tuvierais mucho que ver.

Yo creo que sí. Demasiado, de hecho.

Bueno, vale.

...

Se sentó en el banco y fijó la mirada en el ordenador portátil. No veía lo que aparecía en su pantalla. Pop-ups, supongo.

A diferencia del primer reencuentro, esta vez no hubo mensajes de amor *a posteriori* por mi parte. Tampoco hubo ensoñaciones delirantes de algo que no había ocurrido. Me dediqué al *linkbuilding* en casa y al proyecto urgente que me había encargado La Cúpula en la web recuperaatuex. com. Si no actuaba, era porque conocía de antemano cómo Ur se alejaba cada vez que un accidente de la libido volvía a juntarnos.

La primera noche tras el reencuentro, me senté con un cigarrillo en el balcón de casa y pasé varias horas observando en el interior de manzana a los vecinos del resto de los condominios. Familias. También algunas solitarias parejas. Sabía de la corrupción de lo longevo. Fumaba a oscuras viendo cómo esos personajes en miniatura cenaban o veían el televisor en sus sillones de orejas. Pensaba también en la extraña, ambigua corrupción de Malcom y de Ju, y en la mía propia. En un balcón, dos perros daban vueltas hipnóticamente atrapados en la persecución de sus colas. Yo podría haber sido uno de esos perros. Aunque decidí no estar a la expectativa, deseaba que de pronto sonara mi móvil y encontrar en él un mensaje urgente o una llamada perdida de Ur en la que me buscara. Un deseo antiguo, casi prehistórico, de sentir de nuevo su deseo. Otra vez. Pero no sonó. Deseaba que ella actuara como no había actuado cuando nos separamos. No lo hizo. La diferencia es que yo tampoco lo hice sonar. Pude sentir un dolor, pero fue el dolor desencantado de la repetición.

El segundo día tras el reencuentro con Ur estudié en mi tiempo disponible, que era muy poco ya, a los posibles competidores de recuperaatuex.com. Pasé horas leyendo páginas web de consejos para personas que acababan de romper con sus parejas. Personas como yo, por otro lado, tal vez. Estudié las estructuras y los *funnels* de conversión que llevaban a esos tristes títeres lentamente desde la pena hasta el apogeo y la resurrección de su deseo mediante apps de citas a partir de las que se lucraban dichas webs. Todo eso lo hice inclinado en mi tétrico escritorio. Para La Cúpula era importante capturar tráfico de seres en transiciones emocionales ambiguas: más fáciles de desinfectar y reinsertar, decían. En esas páginas sobre rupturas primero te mostraban cómo superar la calamidad de estar solo, abandonado, de haber sido traicionado de alguna forma, y las claves para resurgir en siete días, o en veintiún días; a veces en cursos intensivos de tres meses. Solo en esos cursos más largos, aunque de forma tangencial, se valoraba la posibilidad remota del descanso. Si uno no podía rehacer su vida debido al peso del recuerdo y el remordimiento, lo que se sugería hacer de inmediato era reconquistar a la expareja. No había más salida que una huida hacia delante o un regreso hacia atrás. Ningún duelo debía hacerse en recuperaatuex.com. Ningún trato con el vacío debía cerrarse. En el regreso hacia atrás la web se encargaba de vender el ajuar del seductor, compuesto de perfumes y afrodisíacos, incluso piedras semipreciosas de poder con las que hacer conjuros y sigilos para recuperar el amor destruido. En el salto hacia delante la web se encargaba de suministrarte la confianza para que decidieras, por encima del dolor y sus desgraciadas maneras de reprimirlo, volver al ruedo del ligoteo, con una alta densidad de enlaces de afiliados por los que suscribirte a los mercados pornográficos del encuentro: aplicaciones de citas, cámaras en vivo. El tercer día no fue tan tranquilo. Lo pasé construyendo una estructura para la web. Desde la página principal el usuario encontraría una pregunta y tres posibilidades de respuesta: ¿En qué situación estás con tu ex?

1. Estoy desesperado y quiero volver.

2. No sé qué quiero, la verdad.

3. Lo quiero olvidar.

Tres simples puntos de partida a partir de los que construir la estructura. Volví a contactar con Alexander, maestro cubano de la escritura para robots. Amigo por correo electrónico. Le encargué dos sets de artículos para los puntos 1 y 2, a partir de un minucioso estudio de palabras clave. Lo que la gente busca cuando rompe una relación, cuáles son las fuentes de su desgracia y cómo darles las dosis adecuadas y precisas de consuelo en cada texto, que además teníamos que posicionar. *Mi novia me ha dejado* se buscaba 250 veces al mes en España (la variante *Me ha dejado mi novia* solo 50). *Vencer el desamor*, 2.000 búsquedas, versus una expresión menor, *Como superar un desamor*, sin tilde, 150 búsquedas. Me senté a las siete de la mañana y tres horas más tarde tenía parte de la estructura hecha. Me levanté un momento para hacer una pausa e ir al baño. Cuando regresé y volví a encender la pantalla, me dispuse a seguir trabajando, pero noté una incomodidad en el estómago que me retuvo. Cerré la ventana con el Excel y abrí El foro de rascacielos, fuente primordial de información para mis construcciones en *Cities: Skylines*. No sabía por qué hacía eso si mi intención era trabajar. En el foro de rascacielos hablaban de la restauración aberrante de un edificio medieval:

Salí de allí, entré en el juego. Cargué la ciudad de Ur. Tras unos minutos de tiempo de carga, apareció la urbe. Bloqueos de tráfico por la mañana en la ciudad, las entradas estaban completamente colapsadas. Cerré el juego y volví al Excel, donde tocaba recopilar las palabras clave correspondientes al duelo. Me ubiqué en la primera columna y entonces mi mano en el ratón se movió de tal manera que abrió otra pestaña: el periódico deportivo.

¿Qué hacía yo allí dentro haciendo *scroll* si no me gustaba el fútbol? Me sentí extraño. Volví al Excel, y cuando escribí un par de palabras —*Que es la melancolía,* sin tilde, 800 búsquedas—, volví a salir y tecleé en el buscador Camstash y entré en la web porno de Malcom y cogí el primer vídeo que vi (una chica morena cabalgaba sobre un dildo bajo la lluvia) y me masturbé rápidamente y sin desearlo del todo, impulsado por una fuerza interna que en todo caso no era mía, y que me hizo hacerlo mientras pensaba todo el tiempo Tienes que parar y ponerte a hacer el Excel sobre las palabras del duelo. Tienes que parar. Cuando terminó, volví a la normalidad y acabé mi trabajo como si nada hubiera ocurrido. Mi móvil no sonó en todo el día.

La cuarta mañana empecé a redactar la sección de artículos dedicados al duelo mientras Alexander se ponía con los suyos desde Cuba. En su correo me contó que acababa de divorciarse porque se había enamorado de una escritora cubana, y que ahora escribían ambos asociados desde la cama. Precio más bajo y tiempo de entrega más rápido, por lo tanto. El primer artículo que escribí fue acerca de *Duelo y melancolía,* de Freud, una palabra clave poco buscada pero de conquista segura. Y nos interesaba atacar tráficos cualificados para atenuar las densidades de brecha de las cabezas pensantes, y que pudieran por lo menos sospechar que algo estaba pasando en ellos. Era lo único que podíamos hacer. Freud cita a Shakespeare para hablar de la melancolía: *Y tan torpe me vuelve este desánimo que me cuesta trabajo conocerme.* A su vez, redacté artículos más simples o propios del *clickbait.* Por ejemplo, *Dieta especial para personas que están de duelo,* texto que componía con altas dosis de imaginación y añadiendo ingredientes ancestrales del manual de un herbolario oriental: ashwagandha. Escribí *10 consejos: Cómo conseguir no pensar en él/ella.* Cinco mil palabras de elucubración y técnica para quitarte de la cabeza por lo menos el pensamiento obsesivo de una persona. Incluía conjuros y venta de amuletos para deshacer enganches; incluía también un epígrafe psicoanalítico: *Aunque algo pueda ser sepultado, no va a ser olvidado nunca.* Y ocurrió cuando escribí esa línea. Abrí el navegador y sin darme cuenta me encontré en Camstash haciendo *scroll* en busca de un vídeo mínimamente cachondo con el que masturbarme otra vez. Y me masturbé otra vez. De nuevo, fue rápido e intenso: la precisa carrera hacia el logro. Solo tomé consciencia de lo hecho al haber acabado. Sudaba. Me levanté y fui hasta el baño. Ya no recordaba ni siquiera qué vídeo acababa de ver. Toqué la pared con la mano. Me sentía mareado. En el baño vomité apenas saliva, bilis transparente. Pasé por la cocina y me encontré con Ju. Estás pálido, tío, me dijo al verme entrar. Bebí un vaso de agua. Algo debe de haberme sentado mal, contesté. Ella estaba enfrascada en su aplicación. Utilizaba varios móviles al mismo tiempo. Sus brazos se movían rápidos, mecánicos. En mi habitación todo estaba igual. Una calma extática, la refrigeración líquida silenciosa del ordenador dejaba un lejano rumor como de río. No entendía qué había pasado. Abrí el correo y encontré ya los primeros textos de Alexander: *Cómo seducir a un chico en 10 pasos; Cómo ponerte guapo para tu primera cita.* Artículos bien estructurados con epígrafes entre los que intercalaría alguna infografía y banners de Adsense para financiar a La Cúpula. Me puse a ello. Ya había instalado la plantilla en el dominio y solo tenía que subir los artículos. Pero cuando empecé a subir el artículo de la seducción en tres pasos volví a desviarme otra vez, esta vez hacia Chaturbate, donde mujeres y hombres y géneros indefinidos realizaban exhibiciones públicas a cambio de tipeos, y entré en una de las salas más visitadas y me masturbé esta vez durante un espacio de tiempo más largo, impidiendo la eyaculación cuando se acercaba, relajándome unos instantes, y volviendo a ello a continuación, y así sucesivamente, lo que provocó un intenso orgasmo que atravesó mi cerebro de una forma distinta, por otros caminos de la química, que me dejó exhausto, flotante, pero no propiamente vivo, y me obligó a tumbarme en la cama y a quedarme allí, con los ojos abiertos, horas, respirando, inmóvil. Cada cierto tiempo cogía el móvil y miraba: Ur no me había escrito. Y palpitaba en mi memoria nuestro encuentro ahora aislado en sus potencias, en fragmentos coloridos y penetrantes, y de alguna forma, ni sé cómo ni por qué, me encontré sobre la cama de nuevo masturbándome y recordándolo, entregado con fervor, sabiendo que iba a ser la cuarta vez en muy poco tiempo. Mi mano, poco antes dinámica en el movimiento del ratón, y disciplinada, se movía ahora con precaución sobre los iconos de las modelos de Chaturbate. Las puntas de mis dedos tocaban la pared bajo la mesa y la rozaban. Le di clic a «Sorpréndeme», y apareció en pantalla una anciana que batía unos huevos en delantal y en pelotas. «Sorpréndeme», le volví a dar, y apareció una silla vacía, ubicada en un estudio donde se celebraba un cumpleaños: «Marina, 23», decían unos globos hinchados con helio. «Sorpréndeme». Mis ojos habían perdido ya el batir fugaz de sus pestañas. Los ruidos de la calle llegaban distantes. En la dulce embriaguez del deseo que se apagaba a falta de estímulo, «Sorpréndeme», y apareció entonces Malcom en pantalla, ubicado en el centro de la habitación catedralicia que yo conocía y que estaba al otro lado de la pared. Se sujetaba el falo con una mano que desplazaba lentamente de arriba abajo entre tipeos de fans: 1.366 usuarios online aguardaban su orgasmo. Dejé de tocarme y me centré en lo que estaba viendo en pantalla. El trabajo de Malcom era el de moderador, no el de estrella pornográfica. Eso se salía de los papeles. Entreabrí la puerta de mi habitación y escuché: un ruido de golpes llegaba desde su habitación suave y despojado de sentido —de no haber visto lo que había visto—; el gelatinoso desplazarse por el glande se insinuaba en las curvas de mi oreja, y sentí también lo líquido por venir, el disperso y difuso torbellino de una ojiva al impactar contra el suelo. Un momento sin vibración ni viscosidad, todavía, como un soplo de aire frío que entra muchos años después hacia un sótano oscuro, la habitación de Malcom. Él también estaba infectado.

El quinto día me despertó a las cinco de la madrugada un intenso deseo mezclado con la perturbada imagen de haber visto a Malcom jugando en una de las salas de chat, entregado al salvaje onanismo entre tipeos de fans ardientes. Un deseo sordo y absoluto que envolvía los objetos presentes. Un deseo que buscaba algo, ávido, en lo que representarse. Y no lo había. No había nada en lo que representarse.

Sin pensarlo me levanté, encendí el ordenador, y volví a visitar Camstash. Esta vez no me detuve en un solo vídeo. Fui pasando de uno a otro mientras me masturbaba y mi polla lentamente se cansaba por el puro efecto de la frotación rítmica y calculada que imprimía con mis precisos dedos. Retrasé el orgasmo no queriendo hacerlo. No quería hacer nada de eso. No quería estar allí ni siquiera masturbándome. No quería, pero el deseo que se había representado era un sumidero que había que tapar de alguna forma y de inmediato. Una hendidura que el orgasmo cubrió. Por momentos, me sentí recuperado, aunque cansado y culpable. Eran las cinco y media de la madrugada. Todos dormían en la casa. Me puse a trabajar. No pude hacerlo. El silencio de Ur, de igual textura que el silencio de Ju, y que muchos otros silencios. Empecé a escribir un artículo para la web titulado: *Qué es el duelo, teoría y casos clínicos.* Sentí náuseas y quise vomitar de nuevo pero me contuve. *El duelo es una retirada de la investidura afectiva de la representación psíquica del objeto amado y perdido.* Lo que hice para sortear las arcadas fue masturbarme de nuevo. No sé ni cómo ocurrió, pero en pocos minutos ya estaba descargado y tranquilo. *El duelo es un proceso de desamor. Es un trabajo lento, detallado y doloroso.* Y cada palabra me pesaba al ser tecleada. Descargado y tranquilo. Apenas eran las seis de la mañana y me había masturbado dos veces incomprensiblemente y estaba exhausto. Según el plan, debía escribir cinco mil palabras en forma de artículos y solo llevaba dos párrafos cuando tuve que tumbarme en la cama. Me tumbé mientras me decía: Tienes que escribir. Allí dormí unas horas y soñé con Ur marchándose, Ur apeándose, Ur subiendo a lo lejos una colina y desapareciendo al otro lado. Tienes que escribir. Cuando me desperté no pude resistirlo más y le escribí un mensaje: *Pienso todo el tiempo en el reencuentro del otro día.*

Lo envié sin pensarlo dos veces, suponiendo que el decirlo, decir la verdad, me aliviaría. No lo hizo. A partir de entonces, cada pocas palabras escritas en un artículo, miraba el móvil a ver si me había sonado. Una nueva compulsión. *A lo que nos confina pura y sencillamente el deseo* —miré el móvil, nada— *es al dolor de existir,* tecleé que decía Lacan. Cada tres o cuatro horas, si me sentía con fuerzas, me masturbaba con algún vídeo de Camstash o con alguna chica de Chaturbate casi de forma mecánica, impulsado por la propia sensación de carga y peso y vacío que se formaba delante de la pantalla cuando trataba de trabajar en los artículos, un bulto interior indescriptible, una olla a presión, y delante la pantalla del móvil, sin respuesta de Ur. El bloque, el nudo, el artilugio. Parecía que el mundo se había cerrado en torno a pocos elementos. Las puertas de la habitación. La pared blanca. La pantalla. El teclado. El móvil. Mi cuerpo. Aunque al otro lado de la puerta oía las voces de Ju y de Malcom, y aunque deseara salir, no salí de ese bucle. Hasta que a media tarde me encontré sudado, débil y bloqueado, ante el ordenador, habiendo escrito tan solo mil palabras, habiéndome masturbado en cuatro ocasiones, habiendo consultado el móvil en busca de una respuesta sin cesar. Me había tomado tres dosis de antídoto mercurial. Sonó el teléfono para informarme de la llegada de nuevos backlinks. El teléfono me informó acerca de las últimas promociones en hostings baratos. Me informó sobre las últimas modificaciones en el algoritmo y me envió una oferta especial para masajes ayurvédicos. Hasta que llegó una respuesta de Ur no pude abandonar el bucle. Ocurrió muchas horas después, casi ya de noche. Ur contestó, primero: *Yo también pienso en él.* Un mensaje espejo. Una versión *lite*, reducida, que eliminaba las palabras *todo el tiempo,* que eliminaba la palabra *reencuentro.* Algo que no daba pie a nada. Ya volvía a sentir con fuerza que ese nuevo reencuentro había sido otra vez un espejismo de la ambigüedad, otra certificación más de la clausura inacabable de esa historia, cuando me envió una segunda línea, mucho más clara, distinta: *¿Vienes a cenar a casa mañana?* La línea sucesoria de los días cambió de rumbo en un instante. Estaba a punto de masturbarme otra vez impulsado por no sé qué loca fuerza interior de ansiedad y derrota cuando eso, ese mensaje, lo impidió. El contraste me hizo ser efusivo y aceptar su propuesta sin reparos. Al momento. *Ipso facto.*

Me dormí embriagado por el cambio de tendencia. Se había producido una afirmación. Ur quería efectivamente un acercamiento. ¿Lo quería yo? A las dos de la madrugada me desperté temblando y una fuerza desconocida contra la que traté de luchar en vano venció mi voluntad y me puso en pie y me sentó frente al ordenador y me tuvo masturbándome durante una hora. Tuve que parar a medio camino porque oí la puerta de casa y un jolgorio en el pasillo: Malcom volvía de fiesta. Seguí frotándome furiosamente cuando se metió en su habitación, pasando de vídeo en vídeo, jovencitas, cabalgadas, *doggystyle*. Me dormí descargado de la tensión con la firme intención de no volver a caer, envuelto en calambres. Por la mañana me desperté a las seis. El dolor era sordo y no tenía contenido y la fuerza intrusa me decía: Mastúrbate, date placer, mastúrbate y me calmarás. Me levanté y fui hacia el baño entre náuseas. *Mastúrbate.* Y en la cabeza imágenes pornográficas de coños con dildos, de bocas con lenguas, de pezones primordiales, de gemidos finos y dolorosos que me atravesaron hasta que me metí bajo el agua de la ducha. Fría. En calzoncillos. El agua congelada y tener que concentrarme en el frío me calmaron. A la media hora, mientras desayunaba con Ju —ella me hablaba de su antigua web de mamás y bebés, creo—, volvió a crecer una angustia por el estómago que me impidió tragar el café y que me puso pálido. ¿Qué te pasa?, dijo Ju, ¿estás bien? Sí, sí, contesté, pero al incorporarme me vino una arcada y vomité sobre el embaldosado filamentos de babas transparentes mezcladas con el café que acababa de tomar. Ju me cogió por la espalda y me llevó hasta la cama y me tomó la temperatura. No tenía fiebre. Lo que tenía eran imágenes. Imágenes cortantes en el cerebro, fragmentos protuberantes de cuerpos amputados y desnudos en el acto, en los actos de la fornicación diversa, en mi cabeza, y sonidos de voces en el momento previo al orgasmo, y gemidos de dolor y de placer indisolubles, y el deseo arcaico, y la suprema insatisfacción.

Dormí hasta el atardecer. Me despertó la alarma para avisarme de mi cita con Ur. Al abrir los ojos ya estaba pensando qué página pornográfica visitaría nada más incorporarme. Ya estaban atenazándome imágenes de pezones untados en bocas, de coños rozándose con otros coños. Al mismo tiempo pensaba: Vas a visitar a Ur, contrólate. Así, puesto en pie, volví a darme una ducha fría, larga y dolorosa, me vestí con mis mejores ropas y salí a la calle, aunque aún faltara rato para el encuentro. No olvidé el antídoto mercurial. La cuarta dosis. Lo que bullía dentro de mí desde hacía unos días, las punzantes oleadas de un intruso libidinal, pareció calmarse al encontrarme rodeado por los condominios del barrio y las ajetreadas calles del Ensanche. Para llegar a casa de Ur escogí un antiguo atajo que muchas veces recorrimos juntos. Se entraba por una juguetería que atravesaba el interior de manzana. Al salir por el otro lado, se cruzaba la calle y se entraba en un mercado de carne. Detrás del mercado de carne, nos metíamos por el complejo hospitalario con olores a desinfectante mortuorio y al salir del hospital nos despedíamos. Todos nuestros paseos eran simbólicos tránsitos de la vida a la muerte.

Al entrar en la casa noté que la vegetación era mucho más frondosa. Ur me recibió efusiva. Un largo beso en la comisura de los labios. Vi las plantas de la terraza. Dijo que se había dedicado con esmero al jardín. Recuerdo que cuando fuimos a vivir a esa casa había dos largos troncos de marquesa que nosotros imaginamos que nos representaban. Y nos representaron. Porque durante el año que compartimos en esa casa se marchitaron lentamente, dando lugar al nacimiento de pequeños hijos, tímidas marquesitas florecientes. Ahora esas tímidas marquesas tenían todas su tronco. Todas tenían su fortaleza. Lo que me hizo pensar Cuántos amores ha tenido ya. Lo que formó un nudo en mi estómago. Y qué papel juego yo. Ur dijo que había preparado la cena. Sobre la mesa el mantel de las ocasiones especiales, una vela y una vajilla nueva que no conocía. Sobre la mesa un cocido de faisán al paté de foie y una pasta de tomate endulzado del huerto de su padre. Me quedé mirándola desconcertado.

¿Esto... esto es para nosotros?

Para nosotros, contestó.

En la cena nuestra energía era limpia y ella parecía ahora diferente. Dijo: Iremos de excursión, veremos películas bajo la manta, viajaremos otra vez. Me rozaba la pierna con la punta del pie debajo de la mesa mientras me hablaba de lo mucho que me había echado de menos cada noche, cenando a solas. Solo era creíble porque se estaba dando, y lo creí. Mi inquietud inicial, el miedo a encontrarme con alguien con actitud evasiva, se diluyó a medida que hablábamos. Y cómo hablábamos. Febriles. Ella me impulsaba y yo la impulsaba en un intercambio de fragmentos sobre los temas más diversos, sin llegar a concretar ninguno, y bajo la mesa siguió rozándome la pierna con la punta del dedo del pie. Después del faisán al paté de foie me senté en la cama con un suave empujón y me dijo que esperara un instante. Me quedé tumbado con la vista fija en el techo. No daba crédito. Estuviera bajo los efectos de Halo o no. Apareció del baño con un vestido de encaje con el que pude admirar su sobrio y perfecto cuerpo. Nunca se había puesto lencería seductora cuando estuvimos juntos. Al colocarse sobre mí noté que se había depilado por entero. Y sin embargo reconocía cada cosa porque estaba envuelta en su olor y su tacto, porque lo que escuchaba en mi oído era de nuevo su respiración particular, un ritmo fundado entre los dos que reconocí y que acompasé enseguida. Pero cuando intenté penetrarla no fue posible. Una mezcla de impotencia con sequedad. Ella me miraba con ojos ardientes de deseo y me lo pedía. Yo no podía dárselo. Acabamos masturbándonos. Luego nos duchamos juntos y ella me entregó un albornoz para ir por la casa y dijo: Lo he comprado para cuando vuelvas. Una frase que no escuchaba en sus labios desde hacía meses. *Para cuando vuelvas.*

¿Voy a volver?, le pregunté.

Ur se había sentado en la silla del escritorio y no pareció oír mi pregunta. Había encendido el ordenador. ¿Te puedo enseñar mis últimos collages?, me preguntó. Me acerqué con mi albornoz y me senté junto a ella. Claro, dije. Recordaba la desgarradora intensidad de su obra. Algunas tardes nos habíamos sentado juntos a hacer collages. A mí solo me salían viñetas cómicas no exentas de cierto patetismo que hacían reír a Ur. Ella, en cambio, tenía un tema en sus obras y ese tema era la identidad. Las carpetas que correspondían a los meses que duró nuestra distancia contenían piezas en las que, siempre, se deconstruían cuerpos femeninos y se articulaban fragmentados sobre otras figuras simbólicas. No solo la trama, también el color era significativo. Al pasar por el mes de abril, el mes de mayo, el mes de junio, lo que observé fue también una sutil evolución hacia la claridad de los colores y la aparición, también, de cuerpos masculinos (en este caso, figuras elegantes con traje y mirada fascinada).

Los últimos son los que más me gustan, dijo entonces Ur apartando las carpetas correspondientes a los meses de julio, agosto, septiembre.

¿Cuáles son los últimos?, pregunté.

164

Los collages de esta semana, dijo.

Supuse que quería enseñarme algo referido a nosotros dos, pues eso era lo que había ocurrido *esta* semana. Los últimos collages los guardaba en una carpeta de color rojo chillón. Al abrirla y contemplar su contenido, me pareció ver la obra de otra persona. Los colores eran disonantes y crepusculares. Los motivos, pornográficos. Hombres y mujeres, sí, fragmentados, pero desnudos y en posturas kamasútricas donde se hacían explícitas referencias simbólicas a las eyaculaciones y al delirio de la sensualidad desenfrenada. No puedo decir que me disgustaran. Si me atravesó algún tipo de inquietud yo la entendí como nerviosismo. Ur me abrazaba desde atrás y tenía la cabeza apoyada en mi hombro. Mira, me decía al oído mientras pasaba las páginas y las obscenidades se cifraban en vaginas dentatas y arabescos multicolor y lenguas bífidas que parecían abrazar enhiestas pollas. Desde luego, te has soltado, llegué a decirle. Mira, me repitió al oído; en los dos últimos collages había mujeres que se masturbaban con defecaciones negras y cuyo rostro mecánico sonreía con la dentadura de una calavera. Había hombres levantando a peso bolsas llenas de lo que parecían penes cercenados, y haces voluptuosamente líquidos de fragmentos rápidos de río atravesaban el fondo de los collages. Me separé de Ur y ella se incorporó.

¿Esto lo has hecho tú?

¿Demasiado obsceno para que pueda haberlo hecho yo?, contestó a la defensiva.

No, no...

¿Entonces?

Volví a mirar los últimos collages. El mensaje no era aquí la identidad sino el deseo. Y tampoco el deseo sino la consumación desesperada, el vampirismo, la absorción. No había centro. Luego ella me llevó abajo y vimos una película con los gatos rondándonos sobre el sofá y nos acariciamos la mano. Cuando acabó la película, estuvimos hablando de ella. Ya no recuerdo ni qué película era, o si solo nos quedamos a oscuras besándonos. Ur me sugirió entonces que me quedara a dormir. Yo le dije que debía volver a casa para trabajar. Insistió. Lo hizo con una especie de necesidad –venga, venga, quédate porfi– que al principio me gustó. ¿Cuántas veces ella había mostrado en los últimos meses un deseo así? Pero siguió insistiendo incluso cuando me hube levantado, abrazándome, poniéndose en el suelo y cogiéndome por las piernas, y me resultó rara su insistencia. Por la forma, sentí rechazo, y la rechacé con suavidad. Me voy a casa, repetí amablemente. Siguió insistiendo incluso mientras nos despedíamos en la puerta entre beso y beso. Impropio de ella. Pero nos besábamos y nos olíamos y al mismo tiempo: Mañana..., mañana nos vemos, Ur, le decía mientras me rodeaba la cabeza con los brazos. Se quedó quieta: Vaaale, mañana. Pero ni un día más de espera, dijo.

Al cerrar la puerta me quedé junto al buzón a pie de calle. El mismo buzón amplio y metálico en el que tiempo atrás había dejado unos poemas bajo la lluvia. Poemas que no habían obtenido respuesta, fuera de la brecha del Halo.

En casa mis compañeros todavía estaban despiertos. Acababan de cenar y fumaban algo antes del esprint final nocturno de trabajo. Ju me miró con media sonrisa en la cara para decirme que sabía de dónde venía.

¿De dónde vienes?, preguntó Fukuoka.

De ver a Ur, dije. Todos me miraban.

La chati esa del otro día que se petó la cámara sonámbula, dijo Malcom.

O sea, que tienes una relación con ella, preguntó Fukuoka.

166

Ju hinchó los carrillos en un conato de risa burlesca.

No sé... Acabamos de reencontr...

No toma el antídoto, Víctor, dijo Fukuoka.

Bueno, ya, pero...

Es tu problema. Pero tendrás que pasar por una ducha de tártaro antimonial cada vez que vengas de su casa. El champú está en el baño y tiene una etiqueta identificativa. Eso sumado al antídoto mercurial y la dosis extra saturnal.

Vale.

Ah, y no te la puedes traer aquí, claro, bajo ninguna circunstancia.

Vale.

Los tres me miraban sentados a la mesa y yo estaba de pie en el umbral. Miradas incisivas, humo de cigarrillo. Me sentí intimidado y me retiré lentamente hacia atrás hasta desaparecer, mientras decía Bueno, me voy a mi habitación... Y allí me encerré. Encendí la luz del escritorio y arranqué el ordenador para lanzar e indexar de una vez a recuperaatuex.com.

En la bandeja de entrada tenía un mensaje de Alexander. En él adjuntaba el artículo insignia de la web, titulado precisamente *Cómo recuperar a tu ex en cinco pasos,* y también me explicaba que había descubierto una técnica para escribir diez mil palabras al día, y que había conseguido escribir tres novelas policíacas en una semana. El primer paso para recuperar a tu ex, decía Alexander, es mostrar que uno mismo ha superado el asunto. Poses estoicas y afabilidad desmedida es la actitud correcta: impresión de omnipotencia. Empecé a subir el artículo cuando simultáneamente abrí Camstash y le di al vídeo más visto de la semana. Con una mano empecé a masturbarme y con la otra iba adecentando el texto en el WordPress.

Hasta que dejé la tarea y me abandoné al onanismo. Me masturbé lentamente durante media hora hasta quedar exhausto y sin saber exactamente por qué, viendo a una chica que se introducía los dedos en el culo entre agudos gemidos de niña. Al terminar con la descarga mi cerebro quedó inundado de placer y, sin embargo, ese placer me había inmovilizado. Como segundo consejo para recuperar a tu ex, según la mente cubana de Alexander, *Esperar a que ella sugiera los encuentros y en ellos darle lo que el tedio y el peso de vuestra corrupción no te permitió dar al final de la relación.* *Hay que invertir los relojes cuánticos;* escribía frases disparatadas por el estilo sobre las que pasaba sin inmutarme con la mente fija en una sola idea, y ya me encontraba masturbándome por segunda vez, ahora en los canales de la comunidad de Pornhub, duro reducto de propagación del Halo.

Me dolía el brazo, pero no podía dejar de acompasar mi pene de tal manera que, cuando se acercaba el orgasmo, me detenía y lo alejaba, y luego lo volvía a acercar, hasta que pasaban veinte, treinta minutos durante los cuales la mente tan solo funcionaba a base de derrumbes, hundimientos, desplomes de la razón a favor del hormigueante placer que envolvía al cuerpo introduciéndolo en una vaporosa sensación de útero, cápsula. Hasta que llegó el orgasmo que fue como una ascensión a las fuentes primordiales. En las que sin embargo vi engranajes mecánicos y cableados eléctricos. Al regresar del orgasmo la habitación estaba en silencio. Jadeaba. La frente me sudaba y me goteaban las cejas. ¡Yo en ningún momento había querido masturbarme! Apenas tuve fuerzas para levantarme y arrastrarme hasta el baño.

Mis compañeros seguían en la cocina, pero no me dirigieron la palabra. Debí de pasar como una sombra, o como un espectro. En el baño me miré a los ojos: cuencas negras y ojerosas, y debajo una barba cada vez más poblada de canas. Dios, estaba exhausto. No era un cansancio del movimiento. Era un cansancio de la voluntad. Un cansancio de la fuerza de existir. Volví a la habitación dispuesto a seguir preparando el artículo para indexar la web. Me dejé caer en la silla y, sin darme cuenta, ya estaba otra vez con la mano en la polla abriendo alguna cámara en vivo por ahí y al mismo tiempo diciéndome *No, no, no,* pero abriendo alguna cámara en vivo por ahí y masajeándome con la técnica *¡no quiero!* que había perfeccionado en apenas unas horas desde el inicio de la intrusión. Un parásito me había penetrado, un ser astral maligno, una inteligencia artificial programada para menguarme, y para acabarme. Y las tetas y los culos que ahora veía apenas me estimulaban. Tenía que pasar rápidamente de un vídeo a otro para mantener el estímulo. Mi cerebro sabía cómo hacerlo. Mis manos hábiles también, mientras yo por dentro gritaba *Por favor que acabe ya.* Mientras yo por dentro gritaba *Muéstrame una salida con la que pueda detenerme. Por favor muéstrame una salida,* mientras mi brazo se agarrotaba y la polla enrojecida a duras penas respondía ya buscando un maná que había sido vampirizado y enjuagado varias corridas atrás. *¡No tengo nada para darte!,* le gritaba a nadie con la mente a medida que se inundaron las sinapsis, y se ahogaron mis voces interiores en su propia profundidad, y pasé a un lento gemido prehistórico con el que me dije, creando un mensaje allí donde solo había estertor:

Ah... Ah... Ah... Ahyu... Ahyud... ¡Ayuda!

Acabé por gritar mientras mi cuerpo caracoleaba en torno a mi polla y mi brazo se afanaba sin fin.

¡Ayuda!, gritaba, y a su vez sonaba como un gemido de cavernoso placer.

169

Ju fue quien abrió la puerta de la habitación. Pero aunque hubiera entrado ella, no pude detenerme. La miré de reojo y volví la vista a la pantalla y avancé. Avancé por la selva oscura. Recuerdo que avancé mientras ella se abalanzaba sobre mí. Recuerdo que me pincharon con algo cuando apenas quedaban unos instantes para el clímax, el orgasmo en el que hubiera abandonado este lugar, y la tristeza de lo que en él he perdido, de lo que en él no voy a recuperar.

CÚPULA CENTRAL

¿Ha tenido contacto sexual con infectados?

Sí lo ha tenido, dijo Malcom.

Apoyaba su gruesa mano sobre mi cabeza. Al abrir los ojos vi también a Braier, quien me estaba auscultando en calidad, supongo, de psiquiatra, subido sobre un taburete. La habitación parecía un quirófano. Estábamos en la ciudad subterránea. Braier me habló:

Usted ha tenido una infección hálica por sobreexposición a sujetos infectados. Se le coló un extractor *psi*.

Vuelve a verse con su ex, dijo Malcom.

¿Ella no toma el antídoto?, preguntó Braier.

No, que sepamos.

Braier me habló:

Si ella no toma el antídoto no es a ella a quien tiene delante. ¿Entiende eso usted?

Eso es lo que todos me dicen, dije por fin.

¿Y no le resulta perturbador?

En algunas cosas ella parece distinta pero en la mayoría es igual.

Ya.

O sea, que la reconozco.

Sí, sí, entiendo, dijo Braier. Usted está ciego de amor. Yo no... Entiendo. Bien. Se dirigió a Malcom. Fukuoka acababa de entrar y se había colocado al pie de la cama con los brazos cruzados. Mirada de desconfianza. Además del antídoto mercurial y de la dosis saturnal, le daremos pastillas del antirretroviral neptuniano. Que siga viendo a su amor, si quiere: investigaremos sus interacciones. Y no debe olvidar las duchas de tártaro antimonial en las idas y venidas. Todo eso lo apuntó en un papel al que añadió raros símbolos heráldicos mientras yo me vestía. Sacó de una vitrina un reloj de pulsera digital y me dijo que me lo pusiera. A simple vista, era un reloj Casio de los ochenta. Braier dijo que serviría para calcular los intercambios de flujo entre la infectada y yo. Así se refería a Ur, como la infectada. Al salir de la sala de quirófano, ya con la ropa puesta, pasamos junto a una biblioteca donde unos hombres rapados leían antiguos manuscritos. Llevaban guantes blancos para manejarlos. Fukuoka explicó que los antídotos más efectivos se sacaban de antiguos libros de magia medievales, sin que existiera todavía una respuesta científica para ello. Descubrimiento de Constantin. Junto a la biblioteca había un laboratorio alquímico donde se realizaban las transmutaciones para crear el antídoto mercurial, su variante saturnal, el nuevo antirretroviral neptuniano y la esencia de tártaro antimonial. Yo mismo llevaba tres variantes encima para soportar las presiones de la existencia en el Halo. Luego, pasamos por la sección de sepultureros de dominios abandonados, donde un grupo de jóvenes autistas buscaban por la red dominios web abandonados con autoridad, para comprarlos y añadirlos a nuestra red. Al fondo de ese largo pasillo subterráneo, una compuerta nos condujo de nuevo a la sección de videojuegos.

Entramos en una sala oval anexa a La Cúpula en la

que grupos de personas se ejercitaban dando vueltas en círculos. En el centro, un panel táctico en el que se veía un clúster de estrellas irreconocible.

Nuevo hangar de pilotos. Aquí me quedo yo. Que tengo una misión, dijo Fukuoka.

Fukuoka se acercó a una pantalla que tenía aproximadamente su mismo tamaño. Colocó la palma de la mano en un sensor y una locución empezó a hablar mientras se imprimía texto en la pantalla:

Bienvenido a Jameson Memorial, comandante Fukuoka.
Servidor central de Elite: Dangerous. Muelle de carga 43.
La federación le asigna una nave Lakon Spaceways
Type-9 habilitada para la carga de plutonio.

Misión a las 17 h: Transporte de diez toneladas de bombas
de plutonio hasta la nave capital clase Farraguth;
6,5 años luz –área de conflicto de alta intensidad–.
Recibirá escolta de los comandantes Loverey y Comodoro
a bordo de dos Cobra MKIII. Ellos le guiarán por el cinturón
de asteroides a resguardo de las patrullas de bots del Halo.

173

*Recuerde, comandante Fukuoka, es esencial para
la continuidad de la resistencia en los nodos rusos que
el lanzamiento del plutonio contra la última nave capital
del Halo para su colapso se produzca sin demora ni error.
Debemos destruir esa nave capital. Sus escoltas son nuestros
mejores pilotos. En caso de fracaso se producirá una
maniobra de extracción y repliegue inmediato hacia
los nodos polacos y el abandono absoluto de la resistencia
en Rusia.*

Dixit.

Un grupo de pilotos al que se unió Fukuoka forma-
ron en línea frente a las cabinas de los simuladores que
bordeaban la sala oval. Vi cómo se colocaba el casco en
una maniobra aérea, y se enfundaba los guantes, y se introducía en su cápsula. En el panel táctico se desplegaron
unos puntos rojos ubicados en torno a un señuelo llamado
James Memorial. Unas pantallas descendieron del techo y
tuvimos visión directa de la estación espacial, construida
en el interior de un asteroide.

Fukuoka pilotaba una voluminosa nave de carga que ahora salía por la esclusa escoltada por dos cazas rápidos. Al salir de la zona de exclusión aceleraron hasta velocidad de crucero. En el panel táctico se marcó entonces en violeta el señuelo: una nave capital gobernada por bots del Halo que, según me dijo Malcom, utilizaba capacidad de procesamiento de los servidores del juego, como una especie de sanguijuela de energía. Lo que había que hacer era destruirla. Eso hizo Fukuoka en un salto hiperespacial de apenas 7 parsecs. Al salir del agujero de gusano observamos la majestuosa nave capital clase Farraguth:

El movimiento fue rápido y preciso. Forzaron la salida del hiperespacio a pocos kilómetros de la nave capital, de manera que en apenas unos segundos estuvieron cerca de su casco sin que la tripulación de bots, ni las defensas, hubieran podido reaccionar. Los escoltas de las Cobra MKIII iniciaron maniobras de diversión: uno se fue hacia la popa de la nave y otro hacia la proa, mientras Fukuoka con su carguero Type-9 sobrevolaba el núcleo central del buque insignia del Halo y dejaba caer una carga de diez toneladas de plutonio que explotó mientras las tres naves recuperaban la formación y tomaban distancia para entrar de nuevo en el hiperespacio. Una baliza mostró en los paneles cómo la nave capital clase Farraguth se partía en dos entre explosiones y enjambres de relámpagos de luz. En la sala oval, quienes habían estado expectantes ahora lo celebraban con gritos y abrazos. Fue un golpe importante, dijeron, que rebajó la densidad del Halo en los subnodos europeos unas décimas. Las suficientes para extraer la infección de enfermos emocionalmente fuertes.

Así comenzó de nuevo mi relación con Ur. Y, no queriendo saber, supe. Tuvimos un tercer encuentro. Desde
mi colapso y recuperación, no había sabido nada de ella.
Lo que me extrañaba, porque en nuestra última cita había
llegado a ponerse de rodillas en el suelo y a cogerme por
las piernas para que no me marchara de casa. Le escribí
para quedar, pero tardó en contestar y dijo que estaba
ocupada. Durante unos días, el antirretroviral que me dio
Braier hizo su efecto y pude trabajar en casa sin caer en
ninguna compulsión. Ninguna fuerza me impulsaba a
abrir ventanas locamente y a bajarme los pantalones. Pero
cuando me dirigí a Ur y encontré durante días en sus
mensajes frías respuestas; cuando miré el teléfono y no encontré ninguna interpelación o pregunta hacia mi persona, sentí como una olla a presión por dentro, el arañazo
de la compulsión que presionaba bajo una capa tenue y
transparente. Esa fuerza quería salir. Sentado ante el ordenador, una sombra al acecho.

Me pinchaba a medianoche el antirretroviral neptuniano, que me dejaba atontado y me daba náuseas, y me
metía en la cama. Hasta que pasados unos días por fin Ur

me escribió expresamente para vernos. Nuestro tercer encuentro. Nos citamos en la estación de trenes central, andén catorce, dirección norte. Ella llevaba un pantalón ancho de color negro y una camiseta ajustada roja. Apareció detrás de una columna casi sobre mí, sonriente, y me abrazó y me besó en la boca. Salimos de la estación y nos sentamos en la primera terraza que vimos. Allí estuvo hablándome de ciertas dificultades en su trabajo. Trabajaba en una productora que hacía películas para niños pequeños y al parecer, me dijo, desde hacía unas semanas los guionistas escribían sin criterio. ¿En qué sentido sin criterio?, pregunté. Nos envían cosas para adultos, o incluso mucho más raras, dijo. Fetichismos sexuales, dijo. Bebimos al mismo tiempo y se hizo un silencio. Cuando dejé la copa le dije:

¿Por qué parece que estás como esquiva cuando no estamos cerca?

No contestó. Ur tenía unos ojos que oscilaban entre el azul, el verde y el gris. Sus pupilas pequeñas me miraban fijamente a un solo ojo.

¿Por qué no nos buscamos? ¿Es que estás con más gente?, acabé por preguntar.

Ella se revolvió en la silla, cogió la copa y, balanceándola, dijo:

Bueno... Víctor... Sí.

... ¿Sí?

Hay dos personas en mi vida.

Fue la presencia de otro y que además ese otro fuera una dualidad. Lo recibí como un tajo a través del plexo solar hacia el estómago.

¿C...Cómo?

Pero estoy enamorada de ti, dijo. Lo que siento por ti es único y distinto.

Pero ¿sientes algo por ellos?

Hizo una mueca con el labio y entrecerró los ojos:

Pssseeno.

¿Sí o no? O sea, ¿tienes una historia con ellos?

Pseeenss.

Ur, por favor.

Estoy confundida, Víctor.

Por favor.

Me cogió la mano bajo la mesa y se acercó a mí mientras repetía *estoy confundida*. Nuestros labios se rozaron. *Pero te quiero a ti.* Yo solía apoyar mi labio superior sobre su labio inferior cuando la besaba, para luego morder suavemente y aspirar, para luego pasar la punta de la lengua por el contorno y deslizarme así hacia dentro. Ya estábamos besándonos sin freno. Temblaba la mesa metálica del sórdido bar al que habíamos ido a parar. No podíamos detenernos. Fuimos a su casa y volvimos a entregarnos y ella me dijo cosas que borraron la existencia de otros, y la existencia de su pasividad cuando no estaba ante mí, y la existencia de la ambigüedad, de la ocultación. Sin embargo, no pudimos llegar al clímax. Por más que un cuerpo buscara al otro, no se trazó el camino único hacia la cascada.

Esa noche no dormí. Me quedé con los ojos abiertos haciendo recuento a oscuras de los objetos que ambos habíamos compartido y que todavía estaban allí. Conservaba un cuadro que nos había regalado su cuñado, dibujante de cómics, en el que aparecían dos gatos encrespados y peleándose. Uno blanco y uno negro. Sobre la mesilla y la repisa estaba la turmalina negra, y el amuleto del ojo de Horus; estaba la pluma que su padre había fabricado a mano, con la que nos escribíamos mensajes cuando vivíamos juntos.

Amaneció. Ur dijo que tenía que prepararse porque había quedado. En la cocina, me senté en el único tabure-

179

te que teníamos. Ella consultaba el teléfono móvil. Mensajes nocturnos. Comimos unas tostadas con aguacate. Yo, como siempre, me fumé mi primer cigarrillo con el café. Dos deseos no pueden coexistir en el mismo momento. Le sugerí la posibilidad de vernos y hacer cosas juntos, pero desvió las respuestas. Los gatos se frotaban en mis piernas y me pedían que les pusiera comida. Dentro de unos días es tu cumpleaños, me recordó luego. Algunas veces me había organizado fiestas sorpresa. Ya, no sé qué haré, contesté. Ella no dijo nada. Sorbió su café y se acabó la tostada. Nos deleitamos en la despedida. Pero cuando nos despedimos al mismo tiempo fue cuando más sentí nuestra distancia. O nuestra artificialidad.

La ducha de tártaro antimonial me obligaba a rasparme la piel con un ungüento marrón al que le habían añadido aroma a lavanda. Al regresar de casa de Ur pasé por el proceso concienzudamente. Al salir de la ducha me sequé el pelo delante del espejo. No suelo mirarme en el reflejo, pero noté rugosidades en la raíz de mi cabello. Al palparme cerca del espejo, descubrí que me había salido una especie de psoriasis. Me acerqué más y vi que debajo de toda mi barba la piel había saltado. Al tocarme la barba caía una fina nieve de tejidos muertos. Me enjuagué con agua varias veces. Busqué crema hidratante y me la apliqué para contrarrestar el repentino efecto de esa sequedad psoriásica. Ahora tenía la cara roja e irritada, y con la cara roja e irritada salí hacia la sala de ordenadores donde los sábados por la mañana solíamos reunirnos para trabajar.

Menudo careto, dijo Malcom.

Él no parecía haber reparado en su propio aspecto, lamentable. Hombros casposos y pelo crespo, un descuido que rápidamente asocié a las noches de perversión desenfrenada que se estaba dando. Estaba preparando una presentación en la pantalla central. Ju sorbía un batido de frutas con las piernas apoyadas sobre un montón de revistas de bebés y mamás.

Menudas ojeras, colega.

Sin mencionar la mutación de piel que se estaba produciendo en mi cabeza y mi barba, y que empezaba a notar por la espalda. Eso al menos no lo percibieron. Pero yo también vi en ella sus ojeras cóncavas y la mirada apagada y neurasténica de quien solo desea eternamente su propio deseo. Otra infectada que no lo sabe.

Me senté en mi escritorio. La pantalla ya ofrecía datos en tiempo real de recuperaatuex.com. Unos doscientos usuarios orgánicos diarios, la mayor parte de los cuales escogían el itinerario *1. Estoy desesperado, quiero volver,* si eran hombres, y el itinerario *3. Lo quiero olvidar,* en caso de ser mujeres. Entró Fukuoka en la sala. Vestía una larga gabardina ochentera y llevaba un maletín que desplegó sobre la mesa circular del centro de la sala. En el interior había un disco duro. Malcom le tendió un cable HDMI y conectamos la presentación. Fukuoka nos explicó que íbamos a lanzar una nueva IA llamada DWX Ícarus. En pantalla apareció un diagrama con forma de embudo. Lo que hemos hecho ha sido crear una red de páginas en torno al nicho de las citas y el amor, específicamente orientadas a captar usuarios que han sufrido la desgracia de padecer una ruptura —me miró de soslayo— y necesitan consejo sobre cómo afrontarla. En los puntos débiles y en los puntos transicionales de las personas es donde podemos diseminar nuevas composiciones de antirretrovirales hálicos, dijo. De entrada visualmente y de forma más avanzada con química. Quien ha sufrido una pérdida tiene, como sabemos, un desajuste en la libido que conduce a la confusión, a un período de arco conocido como duelo. Ahí es donde pode-

181

mos lanzar pequeñas dosis. En el procedimiento estamos captando, como sabéis, a través de formularios, datos de usuarios en situación de ruptura o tránsito –volvió a mirarme–, cuya conducta errática nos resulta más fácil de atacar.

Vale, ¿y qué hace DWX Ícarus?, preguntó Malcom.

Fukuoka explicó que Ícarus tenía dos fases. El primer *rollout* era sencillo. Se recogían todos los datos de los usuarios inscritos, que incluían el número de teléfono móvil, e Ícarus realizaría llamadas automatizadas donde emitirían frecuencias armónicas para recomponer la integridad del infectado a través del oído. Haremos lo mismo que hace el Halo en las páginas web de cámaras pornográficas en vivo, con sus sonidos de tipeo desestructurantes de la unidad de la psique pero a la inversa. Con armonías. Imitamos sus estrategias y las contrarrestamos con nuestro propio tráfico.

¿Y el segundo *rollout?*

En el segundo *rollout,* dijo Fukuoka, entra en juego la IA. Se trata de un algoritmo de emparejamiento del estilo de Tinder, pero cuya mecánica se basa en criterios estrictamente astrológicos. Cogeremos los datos de los usuarios que se hayan inscrito para introducirlos en la aplicación experimental. En ese momento tuve una arcada que contuve y que sonó como un raro hipo. Fukuoka seguía hablando: Hay una correlación significativa entre las parejas astrológicamente armónicas y su resistencia frente a la penetración del Halo. O sea, lo que queremos hacer es crear parejas que la astrología nos garantice como sólidas y duraderas. Sentí en mi interior otra arcada y esta vez me salió por la boca como un eructo sordo y largo. Pude volver a contenerme.

¿Te pasa algo?, preguntó Fukuoka. Manejaba un puntero láser para iluminar la presentación en la pantalla, donde se veía un ejemplo de dos gráficos astrológicos de gran sintonía que Ícarus habría emparejado a partir de los datos recogidos en las webs. Al verlos, alcancé a decir:

Oye, pero si el primer gráfico es el mío. Soy yo.

Fukuoka volvió a la diapositiva donde se representaba mi carta natal.

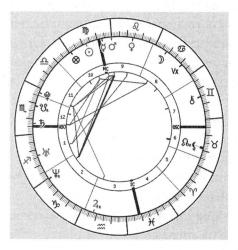

Pues la verdad es que la ha escogido Ícarus de la base de datos. Lo que no sabemos es quién es tu pareja ideal, en todo caso, dijo.

Si me disculpáis.

Tuve que levantarme y salir corriendo de la sala atenazado por una nueva arcada que me salió gutural mientras entraba en el baño y caía sobre la loza para, en una nueva oleada, vomitar un líquido marrón y viscoso, muy parecido al champú antimonial, y babas. No dejé de vomitar hasta que mi estómago hubo expulsado toda la bilis. Me quedé tirado en el suelo y no me di cuenta de que me cogían y me llevaban hasta mi habitación y me metían en la cama.

183

En las visiones delirantes que tuve esa mañana aparecieron, o los imaginé, los amantes de Ur. Como unos ojos externos la veía a ella atravesando el país en coche para encontrarse en el campo con un joven campesino. La veía saludándolo tímida, con todo el peso de la novedad, y a él invitándola a pasar a la casa, donde una chimenea cálida los acogería, invitándola a dar paseos por los campos al amanecer con el rocío para admirar a las vacas y los bueyes a los que él mismo había ayudado a nacer. Un amor puro y sencillo, hecho de ramilletes que se recogen por el camino y se secan impresos en gruesos volúmenes enciclopédicos. Al otro amor lo imaginé como una silueta en la oscuridad, musculoso, gran bailarín. Lo imaginé con peinados atrevidos y tatuajes; una fuerza sexual telúrica y arcaica, un verbo pobre. Vi cómo se encontraban en moteles de las afueras ardientes de un deseo tribal que los dejaba vacíos. Pero que los enganchaba y encapsulaba, y que tejía una red de pequeñas raíces que imaginé violetas, que vi cómo envolvían lentamente, para empezar, las largas piernas esbeltas de Ur, hacia arriba. Me revolvía en la cama, sudaba.

Había dormido casi un día entero desde el vómito. Miré el móvil. Nada. Cogí el antídoto saturnal y me lo chuté en el hombro. Luego tomé el antídoto mercurial estándar y tomé una pastilla del neptuniano. Le escribí entonces un mensaje a Ur dándole los buenos días y preguntándole si quería ir a dar un paseo conmigo. Estaba en línea pero no respondió. Luego me incorporé y fui directo a la ducha para refrescarme y para pasar por el procedimiento antimonial. Mi piel se caía a pedazos, volví a observar al secarme. Ahora sobre el bigote había pielecillas que parecían pequeños mocos. Por más que me rascara, no dejaban de saltar. Y si lograba quitarlas me quedaban lapas ensangrentadas que ninguna crema hidratante pudo tapar esa mañana. Al verme en la cocina, Ju me dijo que qué hacía con esas ronchas en el bigote. Le di la espalda mientras me preparaba el café y le contesté que tenía algún tipo de alergia. ¿Y lo del vómito de ayer?, preguntó. Me encogí de hombros. Seguía dándole la espalda. Sabía que ella me estaba mirando con ojos inquisitivos. Eché un terrón de azúcar en el café y empecé a removerlo. Ju dijo: Sí que está hálica Ur hoy, ¿no?

¿Qué quieres decir?, contesté dándome la vuelta mientras sorbía el café para que no se me notaran las heridas en el bigote.

Por la foto que se ha puesto en insta, dijo. Tío, no hace falta que te tapes así, ya te he visto.

¿Qué foto?

Ju estaba mirando el móvil. Ladeó la cabeza con aire de impresión y me lo tendió. Vi a Ur en un tipo de foto que no le había visto nunca. Posaba en bikini y arqueaba el cuerpo para darle volumen al culo. Juntaba levemente los brazos para sobreimprimir los pechos y con una sonrisa pícara y gafas de sol de estrella mandaba un beso al fotógrafo. El escenario, una playa desierta. El texto que acompañaba a la foto también me impresionó: *Vive para soñar y sueña para vivir.* Ella usaba su Instagram para mostrar sus collages, o para enseñar los pequeños objetos que recogía en sus paseos por el campo. Si salía ella, su figura, solía hacerlo con la cara cubierta, o de perfil. No se exhibía.

Dios, Ju, ¿qué es esto?

Esto es tu amor, ¿no?

No, sí, pero...

Saqué mi móvil del bolsillo. Ur no había contestado a mi mensaje con la sugerencia para dar un paseo.

Esto es el Halo, nene.

Ella no haría nun...

185

Pues lo ha hecho.

Me sentía estúpido hablando con Ju de aquello. El obsesivo y quimérico deseo que sentí por ella durante unas semanas me desautorizaba a emitir comentarios sobre mis sentimientos.

No sé por qué no acabas con esto ya. No es una buena idea estar con un infectado.

Es lo que siempre me repites, Ju. Pero... pero...

Pero qué.

Pero ¿qué pasa contigo y tus, tus...?

Mis qué. Se encaró conmigo.

Tus tejemanejes con el Tinder, acabé por decir, y enseguida añadí: Cuando estoy con ella siento que todo es como cuando estábamos juntos.

Lo es y no lo es, ¿no? ¿Y qué pasa con mis tejemanejes?

¿Lo es y no lo es?

Y de momento. Que qué pasa con.

¿De momento?

Mis tejemanejes.

Nada.

De momento, dijo.

Nada, nada, Ju.

Ya ves. Que qué pasa.

¿Qué?

A saco... TTT-ttejemanejes.

¿Qué dices?

Ya ves.

Su mirada ahora vidriosa me dio la señal de otro bucle. La boca aceleró la repetición a través de una sonrisa petrificada. Me alejé de ella sin que eso pareciera notificarlo, o afectarle de alguna manera.

Pasé el día indexando nuevas URL a destajo. Alexander me había enviado un paquete grande de microtextos que indexaríamos con vídeos insertados con los patrones sónicos de armonía. A mediodía, sin respuesta de Ur, me atenazó una ansiedad descontrolada que me llevó a chutarme otra dosis de antídoto satúrnico. Los compuestos saturnales eran como ansiolíticos. Bajaban el tono. Sobre todo, reducían la libido. Me apagaban por momentos ante el incendio. El incendio se estaba dando en Instagram. La fotografía que había colgado Ur había provocado que sus seguidores se duplicaran. Muchos le dejaban mensajes que ella contestaba al momento. Mi mensaje de invitación a dar un paseo seguía allí, colgado, en un compartimento estanco, último o secundario de la memoria.

Al día siguiente: mi cumpleaños. La primera llamada fue la de padre para anunciarme que comeríamos juntos una mariscada con mi hermana. No dijo felicidades. Desde el último encuentro no los había vuelto a ver y no tenía claro qué les habría pasado a ellos, sobre todo a padre, con la brecha del Halo. Al despertar volví a limpiarme a conciencia y a aplicarme crema hidratante sobre la piel pelada. Me habían aparecido algunos granos de pus en la espalda que se enquistaban si los tocaba. Esperaba una llamada o un mensaje de Ur, claro. Entré en la cocina a primera hora y me encontré con Malcom y con Ju, quienes se abalanzaron sobre mí y me felicitaron el día. Treinta y cuatro años. Tenían regalos. Ju, que no parecía recordar el incidente del día anterior, me regaló una primera edición de *Símbolos de transformación* que había estado buscando durante semanas en cenáculos junguianos. Sabía que era uno de mis libros favoritos. Aprecié su amistad, y me congratulé por haberla amado por lo menos bajo los efectos de una droga. Malcom me regaló un pen que contenía, me dijo, un paquete de *mods* de pago para el simulador de ciudades *Cities: Skylines,* que incluía la posibilidad de construir líneas de autobús turístico o teleféricos. A la hora de comer salí hacia el Puerto Olímpico para encontrarme con padre. Ur todavía no me había llamado. Pero era mi cumpleaños. Tenía claro que algo ocurriría o que como mínimo la vería. Padre me recibió con la servilleta puesta en torno al cuello. Mi hermana llegó conmigo. Como siempre, nos saludamos nerviosamente. Hablábamos poco pero nuestra relación era estrecha. Padre inclinaba la cabeza de un lado a otro con la servilleta en torno al cuello y dijo: Bueno, ¿cómo os va? Bien, ¿eh? Me alegro. Nadie había contestado todavía. Observé cómo mi hermana sacaba su móvil, activaba la cámara frontal y se miraba a sí misma.

Tengo algo en la cara, dijo. La miré.

No veo que tengas nada, dije, estás como siempre.

Tengo algo en la cara, repitió frunciendo el ceño y acercándose a la pantalla. Con la punta de dos dedos se pellizcó un trozo de piel.

Aquí, dijo.

Padre oscilaba su cabeza de un lado a otro con la servilleta en torno al cuello. Dijo: Pues yo estoy contento, mirándonos alternativamente.

Aquí, repitió mi hermana, que no le prestaba atención y se pellizcaba el pedazo de piel de la mejilla.

¿Dónde?, ¿qué tienes?, pregunté, acercándome extrañado a su cara. Yo no veía nada.

Aquí, aquí, repitió, y entonces observé cómo el pellizco aumentaba la presión y se arrancaba una porción de piel de cuajo de la mejilla, abriéndose una herida.

¡Ah!, hizo mi hermana dando un brinco hacia atrás. Ya está.

Mira qué bien, dijo padre. Por cierto ya he pedido hace rato para todos una paella, ¿cómo estáis?, preguntó.

Yo desde luego no tenía buen aspecto. Pero antes de que pudiera contestar levantó el dedo índice y Ep, ep, ep, tu regalo, añadió deslizando sobre la mesa una pequeña caja envuelta en papel de regalo. Al desenvolverla encontré un estuche de colores para pintar.

Padre, dije, esto no es lo que yo...

Padre ladeó la cabeza de un lado a otro riendo afablemente. Vaya, vaya, pues tendré que quedármelo yo. Ya te daré otra cosa otro día, añadió, recogiendo la caja que yo había desenvuelto y guardándola ávidamente bajo la mesa. Esto es el Halo, pensé. Llegó un camarero con la paella cuando noté que mi móvil vibraba. Lo saqué rápido del bolsillo y al ver que era Ur me levanté: Un momento, ahora vengo.

¿Ur?

¡Felicidadessss!!!

¡Oh, muchas gracias!

¿Qué tal? ¿Cómo va el día? ¿Qué vas a hacer?

Pues no lo sé, ahora como con mi padre y...

¿Y tienes algún plan para luego?

Pues no.

...

La verdad es que no.

Bueno, espero que lo pases genial, dijo ella.

¿Ur?

Perdona, tengo que dejarte que me llaman para comer.

Colgó. El rompeolas resguardaba los yates de lujo del Puerto Olímpico. Regresé a la mesa y me desplomé en ella.

¿Quién era?, dijo padre.

Ur, contesté.

¡Ah, o sea que os estáis viendo!, dijo.

¿Os estáisss viendo?, dijo también mi hermana poniendo su brazo sobre el mío.

Bueno...

¡Me encanta, me encanta! ¡Come, hijo!, dijo padre echando mano de la cuchara y llevándose a la boca un cúmulo de arroz de paella. Mi hermana, sin dejar de apoyar su brazo derecho en el mío, empezó también a comer arroz dando grandes cucharadas. Por un momento, ambos comieron el arroz sincronizados en una suerte de ademán robótico acompasado, y cuando subía la mano padre, también la subía mi hermana, y ambos abrían la boca al mismo tiempo, y ambos se introducían el arroz en la boca, parte del cual rodaba por su ropa, por la servilleta en torno al cuello de padre, cuando ambos cerraban la boca. Al probarlo, sentí un inquietante sabor salado.

Cuando llegué a casa me pinché con el antirretroviral pero no pareció surtir efecto. Entré para distraerme en el simulador de ciudades y cargué *Ur*. Allí me puse a construir un cementerio con el paquete de *mods* que me había regalado Malcom. Coloqué algunas lápidas y tracé algunos senderos en honor a los fallecidos en alguna antigua guerra.

Pero enseguida me venció la ansiedad. Sentado en la silla rotatoria de mi escritorio y, como atrapado en ella, salí del videojuego sin grabar la partida y acabé en suburbios pornográficos con los que me estuve masturbando durante horas sin llegar a eyacular. Pornhub me avisó de mi cumpleaños con un descuento. Chaturbate me ofreció cupones. Me masturbaba mientras las imágenes pasaban delante de mí en bucle, en silencio. Escuchaba el roce de la piel del pene fláccido y sin potencia, agotado, acabado en la experiencia de no ser nada, ante sensuales mujeres y sensuales hombres que me parecían gigantes en sus encuadres fragmentados. Por la noche, cuando ya tan solo era una migaja de energía humana, cuando no quedaba en mis músculos más fuerza que la finalización, Ur me escribió un largo mensaje en el que dijo que había pensado todo el día en mí, y que esperaba que hubiera pasado un buen cumpleaños. *Que había pensado todo el día en mí.* Y me decía que me quería con locura, que había una bomba en su corazón, que no sabía cómo encajarlo, que deseaba dármelo todo, que nunca había querido a nadie como me quería a mí. *Que me quería con locura.* Sus palabras me marearon. Precisamente porque solo una y otra vez eran palabras. Entre las que además insertaba curiosas locuciones como Porque para despegar hay que estrellarse, Si no saltas, no caes, y otras variantes. Porque donde estaba ella no estaba la persona que yo había conocido. Aquello era tan solo el envoltorio grotesco. Una anomalía confusa, un cadáver entrópico y lleno de brechas, no era *yo* lo que le importaba. Vomité sobre el suelo. Aunque hice un esfuerzo para evitarlo, estaba inclinado hacia delante y resbalé de la silla y caí sobre el charco de arroz pastoso que habíamos disfrutado al mediodía con padre, mientras mi hermana se mutilaba la cara.

Madre ni siquiera me había felicitado.

MAY GOD

Me concedieron el permiso para suministrarle la dosis 0 del antídoto a Ur. Yo mismo tramité su solicitud de acceso a La Cúpula, tal y como me habían incorporado a mí, por sus dotes de trabajo con el vídeo y los collages. Fukuoka fue quien me encontró en la habitación tumbado sobre mi vómito e inconsciente y quien dio la voz de alarma. Fue él quien apoyó la idea de darle el antídoto a Ur para así romper el vínculo que se había formado y liberarme también a mí. Fukuoka conocía la obra de Ur, y ahora eran necesarios montadores de antirretrovirales sublumínicos de acuerdo con los últimos avances en la investigación bélica. Me dijeron que yo mismo tendría que dosificarle el antídoto mercurial en la dosis 0 mientras durmiera. Me dijeron que tras tanto tiempo expuesta a la brecha probablemente no conservaría la memoria de nada al reestructurarse su centro interior. Me aconsejaron que no despertara junto a ella porque probablemente no me reconocería, que iba a asustarse porque cuando no existía la brecha nuestra relación ya estaba rota y acabada. Me dijeron que olvidara sus palabras y sus, dijeron, acercamientos físicos, que su deseo había sido interferido por el Halo y correspondía a los patrones disonantes acumulativos del mismo. Que si yo amaba a alguien, lo que amaba era una quimera. Que ella no era ella en ningún caso. Que ella ahora sería libre, y que yo debía dejar que fuera libre y aceptar que había sido una quimera, y que esa quimera me había enfermado. El hombre que me hablaba hacía una pausa en cada punto para subrayar las frases. Cuando le pregunté por el destino de mis compañeros, Ju y Malcom, me dijo que estaban siendo sometidos a un análisis a fondo. Quise saber si ellos estaban infectados y contestó: Es posible.

Los antídotos..., empecé a decir. El hombre no parpadeaba.

¿No funcionan bien?

Define *funcionar*, dijo.

Cuando me cité con Ur en el andén 14 dirección norte de la estación central, la vi llegar por el paso a nivel con su traje azul de rayas blancas. Tenía el caminar vagamente rígido que compartíamos, y que nos había dado apariencia de hacer buena pareja cuando alguien nos veía desde lejos. Al alcanzarme pasó la mano por la nuca y me besó y me mostró el amor que me habían dicho y que sabía que no era cierto. La besé y sentí su fragancia, todas las cosas materiales de ella que seguían siendo ella. Fuimos a tomar algo. Me preguntaba, se interesaba por mí tal y como no había hecho en el tiempo en que estuve convaleciente. Era de nuevo en extremo cercana. Por momentos dudaba y pensaba: Aquí no hay ningún Halo, todo eso es falso. Pero luego observé las fallas, me di cuenta de los bugs que por momentos rompían el *continuum* de la película, y que en los primeros días no habían sido tan abundantes. A lo mejor le estaba hablando y entonces cogía el móvil y deslizaba la pantalla de un lado a otro mecánicamente y con la vista fija en ella. Tenía que llamar su atención. Entonces decía: Sí, perdona, y toda su atención volvía a posarse sobre mí y recuperaba el hilo como si nada hubiera pasado. La conversación versaba sobre toda clase de temas, pero ella no revelaba mucho de su vida interior. Ese ámbito parecía raro y confuso. Y yo no quise indagar más en lo corrupto de la entropía hálica.

Esa noche bebí rápido con la intención de emborracharme. La dosis 0 de antídoto mercurial era voluminosa y me pesaba en el bolsillo de la chaqueta. La acariciaba con los dedos. Acariciaba también los dedos de Ur y los miraba de cerca porque quizá era algo que no volvería a ver. Le sugerí que fuéramos a bailar y eso hicimos. En una discoteca vacía con temas de los ochenta, uno frente al otro, pero cada uno con los ojos cerrados y ensimismado en su baile. En ese espacio donde solo fuimos cuerpos penetré hasta el fondo de la fantasía de nosotros. Después fuimos a su casa, y aunque ella estaba activa, amorosa, y con ganas de jugar, le dije que no me encontraba bien y torturadamente me desvestí con la intención de meterme en la cama y, según le dije contra todo mi deseo, dormir tan solo abrazados. Ella se movía como una gatita, me hacía cosquillas. Ya no quería dar más concesiones a esa quimera. Ur no había visto ni siquiera que mi cara estaba pálida, y que la piel se me caía a trozos. Sin saberlo, ella solo quería extraerme, vaciarme como a un recurso minero. Y ya. Me lo repetía una y otra vez mientras la abrazaba por la espalda. Esta no es la persona que conociste y este no es vuestro amor. Guardábamos silencio, los gatos merodeaban por el colchón en busca de su acomodo para el tránsito.

Esperé mucho, hasta las tres de la madrugada. Cuando llegó la hora realicé un antiguo movimiento repetido muchas veces cuando estuvimos juntos. Me levanté para ir al baño y le di un toquecito en la espalda. Ella se giró y, medio dormida, dijo: ¿Me traes un vaso de agua? Fui al baño y luego a la cocina a por el vaso de agua, en el que vacié la dosis 0 del antídoto. Subí y me senté junto a ella. Ur, el agua, le dije como siempre le decía. Mientras bebía le acaricié el pelo. Me miraba por encima de la taza. Solía beber a grandes sorbos. Dejó la taza en la mesilla y se acomodó la sábana. Le cubrí todo el cuerpo hasta el cuello como le gustaba. Con los ojos ya cerrados y tal vez dormida de nuevo, me dijo ven aquí a hacer barquito. Pero no fui a hacer barquito. Me levanté, me vestí rápido y en silencio, y sin mirar los objetos que extendían sus sombras a mi alrededor, ni despedirme de los gatos, bajé por la escalera y atravesé el salón con la mirada puesta en la puerta y en una única fuerza, la de salir de ese lugar que había sido mi casa.

ÍNDICE